爆肝工程師的異世界狂想曲

4

愛七ひろ

Death Marching to the Parallel World Rhapsody

Presented by Hiro Ainana

Kadokawa Fantastic Novels

插畫／shri

CONTENTS

Death Marching to the Parallel World Rhapsody 4

聳動的序幕
008

少年少女盜賊團和開拓村
076

巨人之森
134

穆諾市防線
242

新的姓氏
320

後記
352

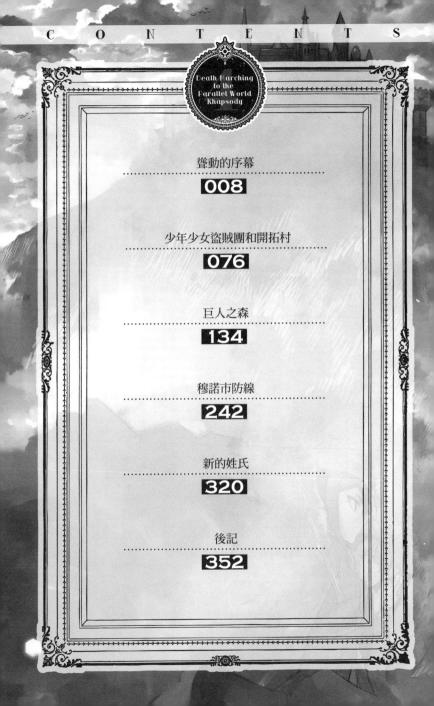

聳動的序幕

「我是佐藤。有人說需求是發明之母，但要讓點子成真就需要對應的基礎知識。我想發明之父必定就是每日不懈的努力吧。」

順利解決了在庫哈諾伯爵領被牽連其中，有關「幻想之森」的魔女們與賽達姆市太守輔佐官之間繳納魔法藥的騷動後，我們在認識的眾人送行之下從賽達姆市啟程。

年少組四人在馬車後方，向前來送行的人們逐漸變小的身影依依不捨地揮手。

我自己則是離開年少組，前往駕駛台查看露露駕車的狀況。

莉薩和娜娜兩人由於騎著馬，所以馬車內見不到她們的身影。

「主人，離開城門的一段距離內還有很多行人，我先慢慢行駛。」

「嗯嗯，要注意安全哦。」

翻動一頭光亮的黑色長髮，位於駕駛台的露露向我這麼出聲。她穿著一身水藍色的連衣裙，肩膀上披有看似很暖和的白色披肩。

其外表在這個世界的審美觀裡似乎很醜陋，但在我的主觀當中卻是怎麼看都會讓偶像明星自嘆不如的美少女。

「主人，我和娜娜負責到前面開路。」

循著這個聲音轉頭望去，我對上了莉薩凜然的眼神。

「記得要禮讓行人哦。」

「了解。」

莉薩身穿在賽達姆市新製作的皮甲，外頭套著一件旅行用的厚外套，幾乎完全掩蓋了她身為橙鱗族特徵的橙色鱗片。如今僅能看到一點尾巴而已。

其註冊商標的黑槍由於稍微引人側目，所以平時都用布包起來。

這把黑槍是在聖留市的地下迷宮救助莉薩之際，我用魔物的身體部位即興製作而成的。

儘管性能上就和普通的鋼鐵製長槍相同，但莉薩卻將其視為寶物一般珍惜，所以我就讓她繼續使用了。

跟在莉薩稍後方的是將金色長髮綁成馬尾的魔造人娜娜。

外觀和莉薩一樣是鎧甲打扮，那豐滿的胸部卻是從內部將皮甲向外撐起。和莉薩不同的是她並未戴上頭盔，那面無表情的美貌就這樣完全暴露在陽光底下。

「娜娜，不要想強行操控馬，而是要讓馬自行判斷哦。」

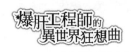

「主人的命令——這麼接受了。」

向騎馬技術笨拙的娜娜這麼指示後，她便回以機器人般的獨特語調。

不待娜娜下達指示，她的馬便自行跟在莉薩後面往馬車的前方移動。

「佐藤。」

精靈蜜雅在馬車後方揮著手，從那裡走了過來。

對方將淡青綠色的長髮綁成雙馬尾，從中露出尖尖的耳朵。

由於身為人類世界裡不太常見的種族，她平時都是用外套的兜帽隱藏頭髮和耳朵以避免帶來麻煩。

萊姆綠的短禮服與容貌年幼的她相當合襯。

這個季節略顯寒冷，所以她身穿和亞里沙一樣的開襟毛衣，雙腳也用緊身褲襪保護著。

「甘草。」

寡言的蜜雅依舊使用單字和我交談。

意思大概是希望我拿出棘甘草的莖部給她作為點心吧。

我從萬納背包裡取出壺。這個背包是可容納外觀好幾倍物品量的魔法道具。

一打開壺，柔和的甜味便從中瀰漫。

我將裡頭蘆薈般翠綠色的果肉用牙籤刺了一塊後拿出。

「啊～嗯。」

見到蜜雅張開小口這麼要求，我便直接餵她吃下甘草的果肉。

「好吃。」

蜜雅手貼臉頰，浮現幸福的微笑。

其實際年齡應該比我大了許多，見到如今這副模樣卻又不太像。

「甜甜的香味～」

「這個味道是甘草喲！」

聞到甜味的小玉和波奇從馬車後方飛奔而來。

擁有白色短髮及貓耳的小玉彷彿真正的貓咪一般用腦袋蹭著我的手。她屬於名為貓耳族的稀有種族。

至於頂著褐色鮑伯頭及犬耳的波奇則是像隻聽令坐下的小狗乖乖坐著等候。似乎在反映雀躍的表情，尾巴左右不停擺動著。

她是人稱犬耳族的種族，和貓耳族一樣都是希嘉王國裡相當罕見的種族。

兩人總是穿著白色襯衫及南瓜一樣膨起的短褲。小玉的短褲是粉紅色，波奇的則是黃色。兩人的外套也都是同樣的色調。

「等我一下，馬上就給妳們。」

「系～」

「好喲。」

聽我這麼出聲後，小玉也排在波奇旁邊乖乖地等著。

儘管只有小學生左右的年紀，但她們卻非常聽話。

我將牙籤戳在甘草的果肉上，然後把壺遞到兩人面前。

「啊～嗯？」

「啊～嗯喲。」

或許是見到我餵蜜雅吃東西的舉動，兩人也像雛鳥一般張大嘴巴索求著。我於是各放了一塊甘草果肉在她們的口中。

「美味～？」

「甜甜的，波奇好幸福喲。」

小玉伸著懶腰一般細細品嚐甜味，波奇則是揮動雙手和尾巴表現出內心的喜悅。

「露露妳也要吃嗎？」

「是的，我想吃。」

對於開心聽著兩人這番感想的露露，我也讓她吃了一塊。

露露看似難為情地將甘草果肉吃進嘴裡，臉上浮現淡雅的微笑。

「等一下，我也要～」

至於遲些過來的亞里沙，我同樣也讓她吃下甘草果肉。

亞里沙用金色的假髮掩蓋了被視為不祥的紫色頭髮。身上穿著胭脂色的開襟毛衣搭配輕柔飄逸的粉紅色成套服裝，打扮得就像個好人家的千金小姐一樣。

「離開賽達姆市，總覺得有點寂寞呢。」

擺動臉頰咀嚼著甘草果肉，亞里沙一邊這麼喃喃道。

「是因為祭典剛結束的緣故嗎？」

亞里沙所說的祭典，就是慶祝太守驅逐襲擊銀山的狗頭人軍隊而舉辦的凱旋祭。

為了參觀祭典，我們比原定計畫多延長了五天的逗留時間。

「祭典～好喜歡～？」

「大家都帶著笑容，很開心喲。」

「嗯。」

像是觀賞以山車（註：日本祭典時以花或人偶等豪華裝飾而成的台子或車輛，同「藝閣」）和神轎為首的遊行隊伍，以及享受只有在祭典時才會端出的料理等等，真是一段愉快的時光。

而這個祭典也在昨天結束，我們終於再度踏上將蜜雅送回故鄉的旅程。

「有很多看起來像是軍隊的人呢。」

正如駕駛台的露露這番低語，許多士兵打扮的男人們大約十人一組在街道上走著。

我好奇地打開地圖查詢詳情。

從資料中得知，這些男人是從庫哈諾伯爵領的各個村落被軍方徵調的。

「受傷。」

「好像是從銀山歸來的士兵呢。」

如蜜雅的詞彙所形容，每個集團中必定存在包纏繃帶或拄著枴杖的人。大概是等到傷兵能夠行動之後才從銀山出發返鄉吧。

「可愛的小姐，要不要嫁給我兒子當老婆啊？」

「好性感的腰啊。陪我玩玩怎麼樣？」

「你這白痴，要稱讚那對傲人的胸部才對吧！」

比較頭痛的是他們儘管受了傷卻精神不錯，不時有人向騎著馬的娜娜說些粗俗的話。

所幸娜娜只是不解地傾頭，並沒有感到任何不安或不愉快。

「什麼嘛，那些傢伙氣死人了。」

「下流。」

反倒是未遭遇性騷擾，僅在馬車內傾聽這一切的亞里沙和蜜雅卻感到相當氣憤。

「好，就用魔法『不舉的牢籠』讓他們後悔萬分吧。」

「別這樣——娜娜，換人！」

我讓摩拳擦掌打算站起的亞里沙坐回原位，同時向娜娜這麼出聲。

然後與娜娜互換位置，變成我在莉薩旁邊騎著馬。雖然坐馬車比較輕鬆，但偶爾騎騎馬也不錯。

儘管可以聽到馬車內傳來亞里沙：「性騷擾的臭男人去死！」的發言，不過露露似乎在一旁勸說著，所以放著不管應該也沒問題吧。

過了連接銀山與街道之間的領道匯合處後就不再有行人出沒，於是我又將馬還給娜娜，自己則是回到馬車裡。

娜娜生疏的騎馬技術讓蜜雅再也看不下去，索性直接坐在對方的馬上用隻字片語進行指導。

「不能東張西望。」

「蜜雅，樹上有松鼠——這麼報告道。」

「前面。」

「……是——這麼反省了。」

在蜜雅的斥責下，娜娜面無表情地沮喪道。

哈啾——駕駛台傳來露露可愛的噴嚏聲。

「風很冷，穿上這個吧。」

「謝……謝謝。」

我將萬納背包裡取出的毛皮大衣交給露露，並接過韁繩等待她穿好衣服。

「天氣變得比想像中還要冷呢。」

「是的，偶爾會從山的那一端吹來冷風。」

露露所說的山，就位於和穆諾男爵領交界的領境處。

「大概是因為沒有可以擋風的地形吧。」

望了一眼將手臂穿進大衣裡的露露，我轉而打量起整個街道。

儘管已從商人口中得知穆諾男爵領比庫哈諾伯爵更冷，但沒想到居然會冷到這種程度。

我從儲倉裡取出懷爐並填充魔力。

這是逗留在賽達姆市時製作，外觀看似白金懷爐的魔法道具。為了避免燙傷，我將其放入小布袋裡。

「露露，天氣很冷，把這個也帶在身上吧。」

「謝謝您……好暖和～」

露露將兩手包覆著的懷爐貼在臉頰上取暖。

傾國美少女的臉龐因暖意而柔和放鬆。

——真想將這一瞬間拍成照片。

要是用這樣的笑容打廣告，大概可以搶下三成的懷爐市占率吧。

「啊，對不起。一直讓主人拿著轡繩。」

「無所謂哦。畢竟可以見到露露可愛的笑容。」

雖然很像搭訕男的台詞，但我希望能積極地誇獎露露以化解她的自卑心理。

「怎麼會……像我這樣的人……」

聽了我的誇獎，露露變得滿臉通紅。

「有罪！」

坐在駕駛台的我和露露兩人之間闖入了鼓著臉頰的蜜雅。

「下一個！接下來換我！」

緊接著，亞里沙舉起手拚命這麼呼籲道。

「好好。妳很可愛哦，亞里沙。」

「等一下——跟露露比起來也太沒誠意了吧。要更有感情，靠在耳邊竊竊私語啊。」

亞里沙氣呼呼地喊著：「討厭！」同時不斷搥打我，不過似乎沒有用多大的力氣，所以應該不是真的在發怒吧。

由於天氣比想像中更加寒冷，午餐的休息時間我便聽從亞里沙的建議量產了防寒耳罩。有些復古的髮箍型布製防寒耳罩完成後，我又加上了不同顏色的緞帶以方便區分。

「暖呼呼～」

「耳朵好幸福喲。」

習慣穿得少的小玉和波奇似乎對此愛不釋手，不斷跑到我面前來展現。

聽見我稱讚她們「兩人都很可愛哦」之後，那忸怩的害羞模樣實在相當可愛。

平靜的旅途讓我得以享受到如此和平的互動。最多也只是在遠處見到狼群，並未遭遇任何事件，一行人便在日落時分左右進入領境的山中。

我們沿著山間的隘路前進，中途未遇其他人或馬車，大約一個小時後就抵達兼具關卡功能的堡壘。

堡壘的門已經關閉，但門上的樓閣可以見到士兵的身影，我們於是試著靠近。

「那輛馬車！你們來堡壘做什麼？」

「我們是準備穿越穆諾男爵領前往歐尤果克公爵領的旅行商人。」

「……要經過被詛咒的領地？」

我向出聲盤問的士兵恭敬地告知目的後，對方露出疑惑的表情。

「也就是說，你們知道那個領地是魔物和亡命之徒橫行的危險地帶了？」

「是的，我們已經為此做好充分準備了。」

「那就好。不過，夜間可不能讓你們通過關卡——」

據士兵所言，從傍晚起夜間的領境山谷裡會湧現雲霞般密集的毒蟲和吸血蝙蝠，所以為了安全起見限制通行。尤其對於馬匹好像特別危險。

對方建議可以在前一個村莊裡過夜，但由於隘路的途中有一塊合適的場所，我便決定在那裡露營。

「主人，我有一個請求。」

在露營地，露露頂著一臉真摯的表情這麼開口。

好像是希望我教導她如何煎出美味的肉排。

為了解她的缺點在哪裡，我先讓露露試著煎一次看看。

「啊，不行哦，露露。煎肉排的時候不可以一直翻面，還有別用煎鏟按住肉排。」

「是這樣嗎？因為煎起來很香，我還以為這麼做就可以了……」

我輕輕撫摸露露的頭頂，然後告訴她原因：

「那是因為肉排美味的成分流失之後烤焦，才會變得那麼香哦。所以過程中只能翻一次面，藉此留住肉排裡的美味成分。」

這方面的知識是從以前網路上看到的文章裡現學現賣。

雖然實際上是調理技能告訴我多次翻面不好，但我還是用了比較容易接受的理由講述給露露聽。應該不會錯得太離譜才對。

這次依序教導煎肉的方法。

「豎起耳朵仔細聽聽看。聲音會告訴我們何時才是最美味的。」

「好……好的！」

脂肪燃燒的聲音將會透露出平底鍋的溫度。

或許是指導時距離靠得太近，露露害羞得耳根都紅透了。那副模樣實在很可愛，我不禁在傳授訣竅的時候貼近她耳邊輕聲細語：

「將處理完的肉放在平底鍋之後先忍耐一下，等表面浮現肉汁。」

「是……是的，我會忍耐的！」

露露的聲音走調，整個人顯得不知所措。

哎呀，好像做得太過火了。為了不演變成性騷擾事件而保持適度的距離後，露露的表情卻又變得有些失望。青春期的少女還真難伺候。

一邊欣賞著露露認真的側臉，我繼續指導她如何煎肉排。

露露經過數次挑戰後終於掌握了訣竅，於是我中途開始量產肉排，將包括露露的失敗作在內一併裝進盤子裡，淋上用肉汁及白蘿蔔泥醬油製作的日式醬汁後作為晚餐之用。

倘若剩下失敗作沒人吃，我本來打算自己負責解決掉，但最後都毫無顧慮地進了獸娘們的胃裡。

將餐後的收拾工作交給其他孩子們，我在馬車的陰暗處準備好魔法道具的材料後開始製作暖氣用具。

目前要製作的是馬車裡專用的暖氣用具。考慮到睡覺時也能使用，做成地板暖氣的型態或許比較好。

就利用一下製作懷爐魔法道具時的技巧吧。

我打算先製作類似踏板的木製框架，然後在內部安裝放有暖氣迴路的金屬管。

雖然手邊的資料裡並沒有記載相當於電池功能的迴路，但沿用製作懷爐時的循環迴路和用於防止魔法瓶魔力消散的藥液及魔法陣之後創造出了類似的電池，所以便決定同樣用在這次的道具上。

注滿魔力之後只能維持三個小時左右的性能，但只要讓負責守夜的成員定時再填充就沒問題了。

有了在賽達姆市大量購入的木板和金屬固定具，作業進行得非常順利。

話雖如此，倘若沒有眾多技能的輔助，想必也無法達成一個小時做出一輛馬車用地板暖氣道具的驚人之舉吧。

我將完成的魔法道具暫時收進儲倉，然後在馬車的地板上取出並加以固定。

填充完魔力後我試著躺了一下，感覺不會太熱，地板傳來相當柔和的暖意。

由於馬車的縫隙間會跑入冷風，稍後再找大家一起幫忙堵起來吧。

「你在做什麼呢～？」

「在製作暖氣器具啊。」

亞里沙從馬車後方探出臉來這麼詢問。

「好溫暖。」

「竟然也有這種魔法道具呢。主人真是厲害。」

跟在亞里沙之後過來的蜜雅和露露也不斷觸摸著地板說出這番感想。

「想不到居然會在這個世界見到地板暖氣呢。」

整個人隨意貼在地板上享受暖意的亞里沙猛然睜開雙眼，忽然向我逼近：

「暖……暖桌！接下來我想要暖桌！」

「馬車裡有地板暖氣就很夠了吧。」

「怎……怎麼會～別這麼說，我要暖桌！下一次請務必製作暖桌好不好～」

我被亞里沙賣力的懇求所震懾。

「亞里沙，妳真是的。主人都已經很困擾了。」

露露委婉地責備亞里沙。

這樣的互動真的很像一對姊妹。

「嗚嗚！暖桌明明就是好東西。那個才是應該在異世界裡推廣的日本文化啊。」

雖然覺得對方形容得有些誇大，但還是別說什麼殺風景的話吧。

無奈之下，我只好向淚眼汪汪望來的亞里沙點頭同意：

「知道了知道了。有空再幫妳製作吧。暖桌被妳要自己準備哦。」

「太好了——！」

亞里沙在馬車內開心地跳了起來。雖然裙子也跟著上翻至肚臍處，但她似乎並不在意的樣子。

「暖桌很好。」

站在欣喜的亞里沙身旁，蜜雅不斷點著頭這麼喃喃唸道。

說到這個，幾百年前的勇者似乎也將一部分的日本文化傳入了精靈之村吧。

亞里沙熱烈地向露露講述暖桌的形狀和優點。

繼暖桌之後，大概又會接著要求蜜柑或年糕吧。種植稻米的歐尤果克公爵領應該可以弄到年糕，但蜜柑我就沒有頭緒了。

等到了交易興盛的都市再來找找看吧。

那麼，先撇開這些問題。藉著這個機會，我也向其他人展示了地板暖氣——

「這股暖意真是太棒了。雖然還比不上浴室裡的溫度，但同樣也是非常理想。」

——結果莉薩用罕見的熱烈口吻大肆讚揚道。

當然，也深受其他孩子們的好評。

魔力的持續時間正如事前預料的能夠支撐三個小時左右，但這樣就已經很夠了。

由於天氣變冷，我打算將守夜的班次減少至三班，而我自己又必定會負責深夜的那一班，所以只要在守夜的前後分別填充魔力，暖氣應該能維持到早上才對。

除了小玉、波奇和我這些索敵能力較高的人必定會參與守夜工作，其他的人則是採取輪班制。

在堵住車身縫隙，再加上地板暖氣的雙重措施下，馬車內變得相當溫暖，不會再因鑽入的冷風導致渾身發抖而能安穩地睡覺。

當天晚上，在和亞里沙一起心血來潮地進行繪本的朗讀後，我獲得了「即興表演」、「腹語術」兩種技能和「拙劣演員」的稱號。

雖然不知道這個稱號是誰給的，但真希望對方不要取這種帶有惡意的稱號。

深夜，一起守夜的亞里沙被夜風吹得瑟瑟發抖，我於是把才在賽達姆市從魔法卷軸學得的術理魔法「防禦壁」用來擋風。

在主選單的魔法欄當中使用「防禦壁」之後，半徑約三公尺的透明圓頂隨即籠罩我們兩人。

「哦哦，不冷了！這個莫非是在賽達姆市獲得的魔法嗎？」

「是啊——呃，失敗了。」

雖然擋住了風，不過營火的黑煙卻堆積在透明圓頂的上方處。

由於是防禦魔法，似乎徹底阻絕了內外的空氣流動。

「哎呀呀，真的呢。要是沒發現就這樣睡覺，大概會窒息而死吧。」

「一點也沒錯。我先暫時解除了。」

我解除掉「防禦壁」魔法以讓黑煙排向天空。

「做一個煙囪不就好了嗎？」

子。

「說得也是，我試試看吧。」

我從萬納背包裡取出三根棍子插在地面，將其用布料覆蓋後製作成高約一公尺的簡易管子。

然後架起「防禦壁」與管子中段處重疊。

管子依舊保持原狀，並未變皺垮掉，與「防禦壁」交疊的部分也未被切斷。

收回布料和棍子後，管子所在位置的「防禦壁」便開了一個洞。

和「盾」魔法不同，由於無法從建立的場所移開，所以不能在移動中使用，不過只要製作出像「雪屋」那樣的出入用洞口的話，守夜的時候似乎相當有用。

這個魔法的持續效果為固定三個小時，就算從主選單的魔法欄當中使用也一樣。大概是為了不讓裡面的人窒息吧。

壁的強度似乎經過強化，但自己一拳就能打壞所以無法得知強化度為何。有時間我打算再讓獸娘們幫忙測試一下強度。

順帶一提，逗留在賽達姆市期間獲得的新魔法卷軸並非只有「防禦壁」而已。

其他還有術理魔法「短氣絕彈」、「魔法箭」以及土魔法「陷阱」。

我在獲得卷軸的當天深夜便前往賽達姆市附近的廢村試射魔法，讓卷軸內記載的咒語得以從魔法欄裡使用。

以卷軸狀態使用時，其性能就像「小火焰彈」一樣十分微妙，不過透過主選單的魔法欄使用的話又如同「小火焰彈」那樣無謂地提昇性能。

攻擊系的兩種魔法最多可以任意發射一百二十發，就連非殺傷系的「短氣絕彈」也進化為足以擊斷大樹的攻擊魔法。

兩者消耗的魔力都是基本十點，每發射兩發就追加一點。

魔法效率雖然還比不上十點魔力就可將岩壁變成熔岩狀的「小火焰彈」，不過對付魔物的話似乎比平常使用的魔法槍要方便不少。

最後的「陷阱」僅能製作出半徑十公分、深十公分的坑洞，但從魔法欄使用的話最多可將坑洞擴大至半徑十二公尺、深十二公尺。

由於坑洞尺寸可以每十公分為單位改變，所以我經常用在非原本的用途上。主要是用來製作上廁所，以及丟垃圾的坑洞。

只不過目前還沒有方法填平挖出的洞，這讓我有些傷腦筋。

因為這個「陷阱」魔法在挖洞時的廢土會跑到某個地方。儘管坑洞側面和底部的泥土都變得像石頭一樣堅硬，但若只是單純壓縮，硬度應該會更高才對，所以可以推測大部分都消失在某處了。

儘管有些好奇，不過還不到特地去研究的地步，等碰到土魔法的大師或研究人員之後再問問看好了。

我和亞里沙就這樣針對魔法的不合理性開始閒聊，一轉眼就到了換班的時間。

◆

隔天我們尚未破曉時便做好出發準備，並在日出的同時動身前往堡壘。

「你們是昨天那群人嗎？最近穆諾男爵領似乎很貧困，就連領內的盜賊也遠征到我們這裡來了。不光是盜賊和士兵，包括普通的村民也別掉以輕心哦。」

「是的，感謝您的忠告。」

——喂喂，怎麼很自然地把穆諾男爵領的士兵和盜賊當成同一類人了。

我在心中這麼吐槽士兵，一邊出聲感謝對方的好心叮嚀。

過關卡的時候似乎不需要支付通行費之類的東西。

不僅如此——

「在另一邊的堡壘如果遇到什麼不合理的要求就盡全力逃回這裡。只要跨越領境，我們的軍隊就會前往救援。」

「謝謝您的關心。倘若真有什麼事情，屆時再承蒙您的好意了。」

向士兵出言道謝後，我便讓馬車往穆諾男爵領的方向駛去。

驅車前進的同時，我一邊回想在賽達姆市聽到關於穆諾男爵領的傳聞。

據說那裡原本就是個貧困的領地，治安也很差，最近這三年持續的飢荒更是導致無數的領民賣身為奴隸或淪為盜賊。

再加上官員的營私舞弊和盜用公款已經常態化，士兵們的怠忽職守也使得街道上充斥著魔物和盜賊。

目前要前往的領境堡壘也不例外，包括以關稅名義敲詐貨物，強行擄走附近村莊的女性等等，其行徑比盜賊還要惡劣。

我們之所以一大早前往穆諾男爵領，也是為了要避開那些品行不良的士兵。

吊兒郎當之輩不太可能一大早就開始工作，而且我也事先確認過穆諾男爵領方面並沒有設立關卡。

儘管準備好了賄賂用的酒，但對方若是繼續糾纏就考慮用亞里沙的精神魔法催眠後加以突破。

畢竟一支吊兒郎當的軍隊，打瞌睡算是常有的事。

離開庫哈諾伯爵領的堡壘後不久，道路變成了兩側被陡峭懸崖包圍的峽谷小徑。視野很差，寬度也僅能容納一輛馬車勉強通過。

在這樣的峽谷裡前進十分鐘左右，我們便抵達領境的最大難關。

那裡有個寬三十公尺，深達一百公尺左右的山谷，上面架著勉強可以讓一輛馬車通行的吊橋。其對岸就是穆諾男爵領了。

「莉薩、娜娜，妳們回來吧。和大家一起在這裡等候。」

我叫回準備騎馬過橋的莉薩和娜娜，然後指示大家待命。

「我先過去確認另一邊是否安全。如果我在那裡大喊快逃，你們就別等我自己先跑掉知道嗎？」

「系！」

「是喲！」

「……是……是的。」

乖乖聽從我命令的只有波奇、小玉和露露三人。

「佐藤。」

「你該不會又打算一個人去逞強了吧！」

蜜雅和亞里沙憂心忡忡地制止我。

「不用擔心，只是查探一下堡壘的狀況就馬上回來。」

我依序撫摸兩人的腦袋，然後將駕駛工作交給露露後下了馬車。

「主人，希望隨行。」

「主人，冒昧請您讓我擔任護衛。」

儘管娜娜和莉薩都這麼表示，但兩人數量太多，於是我決定只帶莉薩一人前往。萬一遇到什麼危險，她應該有能力照顧自己才對。

「知道了，莉薩妳一起來吧。至於娜娜就在這裡待命。」

「是！」

「了解——這麼回答。」

我換上娜娜的馬，和莉薩一起順利騎過了吊橋。

對岸是個可停放數輛馬車的廣場，高約五十公尺的岩石岩地帶阻礙了周遭的視野。

那麼，先從收集情報開始。

我在主選單的魔法欄中執行「探索全地圖」，藉此取得包括穆諾男爵領地圖在內的情報。

儘管已從事前的情報當中得知，但這個領地果然很遼闊。其不規則的形狀和北海道的面積差不多。話雖如此，我並不記得北海道的正確面積，所以只是大略的感覺罷了。

整體來看平地占大多數，穆諾市的西北方則存在有占據三成領地面積的大森林。河川匯聚至大森林中央的湖，在流經穆諾市前方後往歐尤果克公爵領的方向繼續流去。

連接庫哈諾伯爵領和歐尤果克公爵領的街道沿途多為平地，但也零星存在海拔較低的山。

另一方面，領境附近則是綿延的高海拔山脈。

此外，和庫哈諾伯爵領一樣也存在大小不同的空白地帶。最大的空白地帶似乎就位於大森林的深處。

那麼，地理環境就掌握到這裡，接下來確認外敵的存在吧。

我利用地圖的進階搜尋逐一進行調查。

有無像亞里沙那樣「技能不明」的轉生者——無符合結果。

有無等級超過五十的強者——無符合結果。

有無對我家那些孩子構成威脅，等級三十以上的敵人——有符合結果。

最後的搜尋找到了幾個目標。而其中最接近的就位於前方的堡壘所在處。

穿過岩石地帶之間的街道後，我們來到一處傾斜的荒地。

荒地中央處有個堡壘，上面坐著一頭將堡壘擠壓得半毀的許德拉。許德拉的四顆腦袋則是鑽入了堡壘的瓦礫當中。

乾燥的冷風捎來咀嚼某種東西的「喀喀」聲響。

確認地圖後，堡壘周邊已經沒有生存者。

「莉薩，拜託妳照顧馬。」

我將馬交給莉薩，獨自走向斜坡。

與許德拉所在的堡壘大約有三百公尺的直線距離。

這隻許德拉等級為四十四，比之前在聖留伯爵領和庫哈諾伯爵領之間所見到的要更大兩號。

「主……主人，恕我直言，我們應該要離開這裡才對。」

望著如怪獸電影中登場的許德拉龐大身軀，莉薩的臉色變得很難看。

「不用擔心哦。很快就結束了，妳先等我一下。」

稍微思考後，我決定展現一部分的實力以解除莉薩的憂心。畢竟莉薩個性謹慎又守口如瓶，就算暴露出些許的實力應該也不要緊吧。

和莉薩保持足夠的距離後，我從主選單的魔法欄中選擇「魔法箭」。

這裡是荒地，使用「小火焰彈」也不必擔心會造成延燒。但小火焰彈的時速只有九十公里左右，在這種距離下很可能會被許德拉避開。

於是我選擇了稍快一些的「魔法箭」。

發動魔法後，出現了選擇箭枝數量的顯示，可以從一指定到一百二十枝。我毫不猶豫地決定使用上限一百二十枝。

ＡＲ顯示在視野中的許德拉身上呈現小小的圓形，就彷彿是空戰模擬遊戲的目標框一樣。

不過敵人用那種姿勢隱藏了腦袋，或許無法對其造成致命傷。

我故意踢一下腳邊的石頭以吸引許德拉的注意力。

許德拉抬起四顆腦袋俯視這邊，展開蝙蝠一般的翅膀擺出威嚇的姿勢。

我在腦中想著要鎖定許德拉的四顆腦袋之後，目標標示便遵循我的思考即時移動至四顆腦袋上。

——發射。

我扣下心中的扳機。

消耗的魔力為七十點。

我的前方陸續出現短槍般大小的「魔法箭」，挾帶撕裂空氣的聲響紛紛殺向許德拉的腦袋。

不知是高等級導致各項能力值偏高或者某種技能影響的緣故，我感覺時間的流動就像在逐格播放一樣緩慢。

第一發「魔法箭」被許德拉體表產生的紅色薄膜擋下之後碎裂。第二發和第三發接連命中後，在第四發終於擊碎紅色薄膜，第五發刺進了許德拉的腦袋。

搶在腦袋被慣性所拉扯之前，第六發和第七發便逐一將許德拉的腦袋削成肉片。

從第八發開始就只能發揮將四散的肉片進一步灰飛煙滅的作用。

貫穿許德拉腦袋的「魔法箭」就這樣直接飛出命中後方的山，粉碎那些枯樹、泥土和岩石，慢慢改變了地形。

如此壓倒性的暴力體現簡直就像用大口徑機關槍掃射過一樣。

一百二十枝「魔法箭」破壞完許德拉的四顆腦袋和後方的山之後，我終於感覺周遭的時間流動恢復至正常速度。

按住彷彿要被震破鼓膜的耳朵，我透過紀錄確認許德拉已經死亡。

失去所有腦袋的許德拉在慣性帶動下向後倒仰，將剩餘一半的堡壘化為瓦礫。傳遞至腹部的震動訴說著許德拉的驚人重量。

我用布蒙住嘴巴以防隨風飛來的塵土跑入口中。

回到莉薩所在的場所，我向目瞪口呆的她出聲道：

「結束啦。」

「主人，請原諒我剛才愚蠢的發言。儘管已經知道主人您很強，但沒想到居然會這麼……」

面對莉薩誇大的驚訝表現，我以輕快的語氣要求她保密：

「不好意思，剛才的魔法請妳不要告訴大家。」

「是的，我以性命擔保。」

看得這麼嚴重也挺傷腦筋的。

「唔，真的攸關人命時說出來也無妨。」

我從莉薩那裡接過韁繩，騎著馬往許德拉的屍體方向而去。

近距離這樣觀看，其巨軀實在令人震撼。要是在原本的世界裡遇到的話，可能在想到要逃跑前就毫無抵抗之力被吃掉了吧。

前方沾染紅褐色痕跡的瓦礫滾落處，嚴重毀損的遺體和損壞的武具散亂一地。

儘管耳聞這裡是一群無賴的巢穴，但對方死狀這麼悽慘也令人不禁同情。

雖然還不至於特地埋葬他們的遺體，不過離開這裡之前至少先默哀一下好了。

經過摩擦聲作響的地面，我在化為許德拉墓碑的堡壘前方下馬。

落地之後，剛才仍稀薄的體臭變得更加濃厚。

我拜託莉薩負責回收魔核，自己則撿起腳邊一把掉落的劍刺入地面作為墓碑。然後從儲倉裡取出一瓶酒用於祭奠。這是當初攜帶準備通過堡壘時賄賂之用。我換了個用途將酒淋在劍上，祈禱這些人死後能夠安息。

那麼，在莉薩回收魔核的這段期間繼續調查穆諾男爵領好了。

關於剛才半途中斷的敵人搜尋，其實此地等級三十以上的魔物似乎還不少。

西南西的山岳地帶裡還有和剛才打倒的許德拉同種類的同伴。我搜尋到其中一隻等級為三十七，其周邊還有等級二十九和二十四的許德拉。

從如今所在的場所來看是領土的兩處極端邊境。剛才的許德拉竟然是從那種地方遠征而來的嗎？儘管不了解其續航能力，但飛行型的魔物似乎會很棘手。

——幸好現在已經有對空魔法可以應付了。

牠們大部分都存在於遠離街道和人類城鎮的深山裡，應該不至於會碰上才對。

而搜尋清單當中還找到一個魔族，其地點更是在穆諾市的領主城堡裡。看來這個領地會變得如此荒蕪，很可能就是因為魔族做了什麼壞事的緣故。

我先確認魔族的詳細情報。等級為三十五，似乎和之前在聖留市發現的眼球惡魔一樣為下級魔族。種族固有能力有「飛行」、「變身」、「分身」和「下級魔法抗性」四種，普通技能有「精神魔法」和「死靈魔法」兩種。

這次我再針對魔族重新搜尋地圖後，又找到其他三個魔族。等級都是一，稱號裡有「分體」字樣。好像是剛才的下級魔族利用「分身」製作而成的。

這些分體具備了除「分身」以外的種族固有能力，普通技能僅保有「精神魔法」或「死靈魔法」其中一種。

一具存在於穆諾市，其他兩具似乎在其他城鎮。其中潛入穆諾市的那具好像假扮成執政官。這傢伙必須多多注意。

說到這個，聖留市的魔族曾經附在人類身上。

為保險起見，我地圖搜尋中尋找狀態為「附身」的人，發現穆諾城的兩名騎士處於「附身」狀態。

城中的騎士不乏有人比這兩人的等級更高，但經過諸多比較後我終於知道被附身之人的賞罰欄都刻有罪行。說到這個，在聖留市被附身的也是個壞人吧。

我無意將我家那些孩子拋在危險的場所，主動前往討伐，但如果像剛才的許德拉那樣擋住去路就另當別論了。到那個時候再全力將其消滅吧。

由於擔心對方像聖留市的迷宮出現事件一樣召喚出上級魔族，我於是把魔族以及遭到附身的人全數標上記號，以便在他們有什麼可疑舉動時能夠察覺。

逗留在穆諾男爵領的期間，看來每天早晚至少要透過地圖確認一次狀況了。

若是感覺到有危險的徵兆，屆時再主動出擊就可以了。

當然，最優先的重點還是我家那些孩子的安全。

魔物的情報確認完畢之際，莉薩剛好返回。

「主人，魔核已經回收完畢。」

「嗯嗯，謝謝妳。」

我將收下的魔核放入馬鞍袋裡取出的袋子中。那是比壘球大上兩號左右的鮮紅色魔核。查詢等級後，得知品質為上等的朱九。

「我先稍微休息一下，妳可以幫忙叫大家過來嗎？」

「是的，我立刻就去。」

向莉薩下達指示後，我又想起還有半掩埋在堡壘殘骸底下的許德拉巨軀。

「為了避免讓大家擔心，這個魔物的事情就先保密吧。」

「了解。」

莉薩恭順地點頭，騎著馬前去呼喚眾人。

目送著莉薩離去，我一邊回到收集情報的作業上。

這次是要調查「幻想之森」的老魔女委託我送信的地點。

搜尋巨人後，找到的結果只有一人。由於位在大森林深處的空白地帶附近，他們的村落很可能就在那片空白地帶之中了。

畢竟老魔女的高塔也是在庫哈諾伯爵領的空白地帶內。

中途可以乘坐馬車前往，但通往大森林深處的小徑似乎就必須分乘多隻馬匹移動才行。以3D方式顯示地圖之後的結果也是如此，所以應該不會有錯。這裡距離那條小徑大約是十二天的路程。

接著我又確認人口的分布狀況。

人口非常稀少。土地明明那麼遼闊，但卻似乎比聖留伯爵領的人口還要少。超過一萬人的地方僅有穆諾市，其他都市或城鎮頂多只有幾千人而已。

街道和領道沿途有許多村莊，但人口幾乎都在五十名左右。

而彷彿在印證事前情報的正確性，許多領民都是處於「飢餓」狀態。

這個穆諾男爵領對於亞人的歧視似乎相當徹底，穆諾市內僅存在人族，其他城鎮和村落裡也完全找不到人族和亞人共處的場所。

遠離街道的山中則是零星存在著數量不到百人的亞人聚落。

另外，狗頭人占據了西北西領境附近山邊一個叫「廢坑都市」的地方。襲擊庫哈諾伯爵領銀山的狗頭人和這個都市同屬於一個氏族。兩者間的直線距離將近五十公里，真佩服他們勇於遠征的行徑。

話說回來，這裡的飢荒似乎比想像中更嚴重。

倘若可以把這頭許德拉作為食物，大概就能像戰後缺糧時代的鯨魚肉一樣拯救許多人的性命……

或許真的可以食用也說不定。畢竟青蛙魔物和噴射狼也都很美味，以後搞不好能遇見知道如何烹調的人。

我用聖劍「王者之劍」將馬匹身軀一般粗的許德拉頸部割下，將其切成每段寬約一公尺的肉塊後收進儲倉。

當然，剩下的本體也先收入儲倉之中。

忽然間，我想起許德拉剛才吃下的東西，於是又確認儲倉內許德拉的詳細資訊。胃部的東西好像可以單獨拿出來的樣子。

我用「陷阱」魔法製作出直徑五公尺、深五公尺的坑洞。

然後讓許德拉胃裡的內容物——堡壘的那些犧牲者遺體出現在坑洞中。由於事先預料遺體狀態會慘不忍睹，我便特意移開目光不去注視。

待坑裡的物體落入看不見的深度後，我再一次為犧牲者們默哀，然後離開了堡壘。

>獲得稱號「掘墓人」。

走下堡壘前的斜坡，我在十公尺外的街道下馬等待大家到來。

同時將乾燥的空氣吸滿整個胸膛，伴隨鐵鏽般的心情一起呼出。

來到異世界之後以為自己已經習慣了碰到有人死亡，但心情上果然還是無法適應。

面對在駕駛台上大動作揮手的露露和亞里沙，我也朝著她們揮手，然後調適心情跑向馬車。

◆

與大家會合後，我將馬還給露露，來到露露駕駛的馬車載貨車台上和年少組一起用手工製作的紙牌玩抽鬼牌，藉此治癒疲累的心靈。

自堡壘前啟程大約過了兩個小時左右，走在前頭的莉薩和娜娜回來報告：

「主人，前方街道旁坐著幾名男女。」

「主人，對方看起來沒有敵意——這麼報告道。」

這兩人所發現的是該村莊的村長與其孫女，另外還有兩個農奴少女。

雖然透過地圖已經確認沒有危險的生物或盜賊，但由於這四人的目的不明，我便事先讓他們兩人前往查看狀況。

「會是什麼事呢？」

「來得正好，我們去打聽一下領民真正的心聲吧。」

這麼回答疑惑的亞里沙，我一邊確認儲倉裡的糧食庫存。將滯銷的熊肉或褐色狼的肉當作提供情報的報酬應該不錯。

我接手露露的駕駛工作，朝著村長等人等待的村道與街道匯合處駛去。

馬車一進入視野，看似村長的男人便站起來「喂～」地大聲呼喊並揮手。

雖然雷達上也有她的孫女，但放眼望去卻不見蹤影。似乎是躲進暗處了。

「有何貴幹呢？」

「我是前方那座村子的村長。你應該是旅行商人吧？」

我和村長互打招呼，同時打量起他的模樣。

村長在ＡＲ顯示中為四十三歲，但外表看起來卻是六十多歲。由於狀態為「飢餓」的緣故，整個人顯得面黃肌瘦。

這麼冷的天氣裡，那髒兮兮的束腰外衣外面連一件外套也沒有。

坐在街道旁年約二十歲左右的農奴少女們穿著看似更加寒冷，全身只有一件未完工的貫頭衣（註：在布上挖一個洞從頭上套下，然後用帶子繫住垂在腋下的布，做法相當原始卻實用）並赤裸雙腳。而且貫頭衣的下襬很短，很普通地走路彷彿就能看見內褲。

令人想不透的是，農奴少女們的營養狀態居然比村長還要好。雖然一樣瘦巴巴，但狀態並未處於「飢餓」。

互相自我介紹和寒暄完畢後，對方終於切入正題。

「有樣東西想要請你收購。」

「是那些農奴女孩嗎？」

聽到我這麼詢問，村長卻是搖搖頭否定。

「不，不是的。過來這裡吧。」

「嗯。」

他的孫女從街道旁的低窪處爬出來。身材果然很瘦小。

她身上穿著看似村長的男性外套，拖帶著長長的下襬往這裡走來。

「希望你能夠買下我這位孫女。雖然年紀還小，長得卻好似村裡最漂亮的女孩，將來一定會是個大美人——」

我打斷對方的發言搶先確認：

「你要把自己的孫女賣為奴隸？」

「反正留在村裡也只會餓死，不然就是被堡壘的士兵玩弄之後再殺死……」

村長用悲痛的表情這麼說道。

看來在庫哈諾伯爵領所聽到的消息並非只是傳聞而已。

「與其這樣，不如被你這種看起來頗為正直的商人買下要幸福得多吧。」

雖然認為一家人再窮也應該在一起，但我並沒有那種快要餓死的經驗……

見到年少組從馬車內探出健康的臉龐，村長彷彿目睹了什麼耀眼的東西。

「商人先生，請買下我吧。」

儘管只是個小孩子，村長的孫女卻口齒清晰地推銷著自己。那表情十分認真，我差點被她賣力的模樣震懾了。

「求求你！賣掉我之後就有錢買糧食，可以讓更多的小孩子過冬。」

村長的孫女在面前合掌這麼懇求道。

亞里沙用忐忑不安的眼神望向這邊，但我並不打算買下這個孩子。

「——抱歉，我現在不缺奴隸。」

話雖如此，我家那些孩子與其說是奴隸更像是一家人。

面對我拒人於千里之外的斷然態度，村長的孫女表情絕望地垂下腦袋。

好奇地看著這一切的農奴少女忽然站起來：

「村長，可以交涉了嗎？」

「……嗯嗯。」

兩名農奴脫下破爛的衣服露出裸體。沒有嫵媚動人的感覺，反而因為太過消瘦而令人心痛。

「姆，不知羞恥。」

「等……等一下！」

亞里沙和蜜雅從馬車裡跑出來遮住我的眼睛。

「好……好冷。」

「今天特別冷呢。」

透過亞里沙和蜜雅的指縫，我見到兩名農奴瞬間縮起身子冷得發抖的模樣。

這也難怪，隆冬時節在戶外光著身子當然會冷了。

「商人先生，要不要買春啊？」

年紀較大的農奴少女擺出奇怪的姿勢這麼推銷道。

「報酬只要一枚銅幣，或者裝滿這個小袋子的穀物或地瓜就行了。」

「啊，當然，有肉的話非常歡迎哦！我們不奢望有兔子或雞。無論老鼠還是魔物，只要是肉都可以哦。」

彷彿在幫年紀大的少女補充，年紀較小的少女接續這麼說道。

魔物的肉嗎……

剛好，乘這個機會請教她們什麼種類的肉可以食用。

「魔物的肉嗎？」

「嗯，昆蟲魔物大致上都很難吃，不過像蝗蟲或蟋蟀魔物的腿部就很美味——」

「這附近一帶的糧食不足。可不是我硬逼這些農奴吃的啊。」

村長打斷年紀較小的少女發言這麼自我辯解。

「我也在聖留市吃過飛龍，對此並沒有什麼偏見。」

村長聽到我的話之後終於放心。

倘若之前沒有和大家吃過噴射狼的肉，我或許會皺起眉頭也說不定。

「我不需要買春，也不用買奴隸。其他的東西倒是願意購買。」

「其他東西？像這麼偏僻的村子裡，怎麼會有其他東西好賣……」

「我希望你們能夠賣情報給我。」

「情報？」

我向一臉疑惑的村長點點頭。

「請你們在知道的範圍內告訴我關於穆諾男爵領的狀況。」

「我只是一介農民，頂多只知道和這裡有往來的村子是什麼情況。」

「這樣就很夠了。褐色狼的肉就送給你們作為報酬吧。」

透過亞里沙和蜜雅的指縫，可以見到我的話讓農奴少女們開心地抱在一起。

好了，妳們乘著還沒感冒快點穿上衣服吧。

從村長口中打聽到的村莊周邊狀況可謂相當嚴重。

由於農作物已經連續三年欠收，村莊附近的野草和堅果都被採光，使得野獸因此移動至深山裡，村民為了擴大採集範圍卻又遭遇出沒的魔物而導致有人犧牲。

這一帶的魔物都在十級以上，對於以農具打獵的農民來說或許太強了。

「即使如此，靠著入秋時將幾個村裡的姑娘賣給奴隸商人所得來的錢勉強還可以過冬，不過……」

「莫非有盜賊出沒嗎？」

見村長含糊其詞，我心想可能與男爵有關，但還是試著拋出較容易開口的話題。

「不，這一帶的盜賊原本都是鄰近村落那些無從謀生的年輕人。還不至於惡劣到前來搶奪我們過冬的儲備糧食。」

「就是說啊～畢竟我們的客人就是那些盜賊嘛。」

「跟堡壘的士兵不同，『辦完事』之後還會請我們吃東西。」

原來如此，這就是那些女孩未處於「飢餓」狀態的原因。

「他們說這裡沒有什麼目標好搶，所以就遠征到旁邊的領地。」

「可是最近因為銀山的問題在打仗，又改跑到遠一點的城鎮去了。」

我向提供諸多情報的農奴少女們道謝，然後繼續和村長交談。

「那麼，是魔物的緣故？」

「若是這樣我們早就死心了。其實是徵稅官聲稱男爵的女兒要出嫁，拿走我們三成的過冬糧食當作禮金。」

說畢，村長沉重地嘆息。

大約六十個村民的三成過冬糧食，這已經超出禮金的範圍了。很可能是徵稅官把中飽私囊的那一份也加上去了。

「你們沒有去陳情嗎？」

「要是這麼做，我們整個村子都會變成農奴的。」

「怎麼會？」

「是真的。記得好像叫東薩村吧？整個村子的人都被貶為農奴，如今已經沒人居住了。」

我用地圖試著搜尋村長口中的村莊名，發現原本的村民如今都以農奴的身分存在於穆諾市附近的某個城鎮裡。看來似乎是真的。

即使有魔族暗中作怪，這種事也太離譜了。

由於感到有些好奇，我於是又順便詢問：

「你知道男爵千金要嫁給誰嗎？」

「根據徵稅官那傢伙所言，對方是勇者大人。」

——勇者？

我用地圖搜尋整個領內，但無人擁有勇者的稱號。看樣子應該是冒牌貨。

「對了，村長先生。男爵的女兒現在幾歲了？」

原本靜靜傾聽的亞里沙，這時忽然探出身子這麼插嘴道。

「他應該各有一個十九歲和二十四歲的女兒。」

「是嗎，謝謝你。抱歉打擾你們說話了。」

或許是很滿意村長的回答，亞里沙又縮回馬車內。

「要懷疑是無妨，不過徵稅官真的是這麼說。不然你們可以去問鄰村的村長。」

「這樣啊？謝謝你。稍等一下，我去準備謝禮。」

這麼告知後，我走進馬車的載貨車台，透過萬納背包從儲倉裡取出狼肉。當然，生肉會把手弄髒，所以我將其裝在內部塗抹防水蠟的袋子之後取出。

既然村民有六十人左右，六十公斤的肉應該很足夠了吧。

我拿出有兩個米俵（註：以稻草包覆的米袋，一俵約六十公斤）大小的袋子擺在村長面前。

「哦哦！這……這麼多啊。」

村長看了袋中的東西大感驚訝，其周圍的農奴少女們則是「耶～」地天真歡呼。村長的孫女大概是太過吃驚，雙手不斷上下舞動做出詭異的喜悅動作。

我又繼續堆了兩個相同尺寸的袋子。

村長這下子吃驚得一屁股坐在地上。

以購買情報的費用來說雖然有點多，但這些等於是在清理庫存所以無妨。

出發後，我將駕車的工作交給露露並前往載貨車台與亞里沙交談。其他孩子顯得相當安靜，一看之下才知道三個人靠在一起睡著了。

「妳剛才為何要問男爵千金的年齡？」

「我想確定一下那個勇者究竟是真是假。」

亞里沙的回答讓我傾頭不解。

「妳的問題要怎麼判斷勇者的真假？」

「還記得我之前說自己見過勇者嗎？」

我對此點點頭，回想起那天的事情後不禁皺眉。

然後腦中努力甩開被裸體小女孩推倒的黑歷史。

「那是什麼表情啊？」

「這不重要，繼續講吧。」

我這麼粗魯地催促後，亞里沙來到我身旁一屁股坐下。

「那位勇者是個蘿莉控哦。」

「——啊？」

意外的發言讓我直直盯著亞里沙的臉。

見到亞里沙閉上眼睛擺出索吻的姿勢，我於是捏一下她的鼻子催促下文。

「唔唔！討厭，親一下有什麼關係嘛。嗯——那是我在祖國的城堡裡見到勇者隼人・正木（註：ハヤト・マサキ）時候的事情。對方一看到我就怪叫：『ＹＥＳ！蘿莉，ＮＯ！觸摸。』然後被一旁的女隨從毆打了。」

亞里沙頂著沮喪的表情敘述道。

——你該不會也是同類吧？

她看似要這麼喃喃唸道，但我為了不偏離正題於是忍住了。

「原來如此，所以妳判斷剛才那個勇者是冒牌貨嗎？」

「就是這麼回事。要聽我講更多勇者的事情嗎？」

「不，下次再聽妳說吧。」

反正已經知道這個領地沒有勇者存在，那種怪胎的情報就等到有空時再說吧。

◆

截至傍晚為止，我又在途中經過的兩個村莊和先前一樣收集情報和提供糧食。

儘管沒有得到新情報，但聽到諸多類似的敘述後使得第一個村長的情報變得更加可信，所以還算頗有收穫。

褐色狼和熊肉還有很多庫存，不過按照這種狀況下去大概很快就會見底。

由於第一個村莊的農奴少女曾經提過可以食用的魔物肉，所以我決定在晚餐之前試吃一下今天消滅的許德拉的肉。

我透過萬納背包取出儲倉裡切塊的許德拉肉，將其放在折疊桌上。

正在準備露營作業的眾人聽到聲音後紛紛回頭。

特別是小玉和波奇都頂著雀躍的表情盯著肉塊。

「主人，莫非這是……」

「還不知道能不能食用，不過我打算先試吃看看。」

從體表顏色察覺這是許德拉肉之後，莉薩目瞪口呆地這麼詢問。

根據鑑定範圍的結果並無毒性，所以應該沒有問題。只要先把血跡沖洗之後再烹調就行了。

莉薩表示要幫忙切成容易調理的大小，於是我便交給她處理，結果卻是一手拿著刀子在苦戰當中。

「很硬嗎？」

「是的，雖然可以劃出傷痕，但這個外皮遲遲無法切開。」

哦——既然這樣，這種外皮似乎可以用來製作優良的防具。

我從一旁觀摩的露露手中接過菜刀將肉塊解體。用普通菜刀硬要切開外皮的話很可能會導致刀刃受損，所以我利用魔物食道的空間從內部切下足夠試吃的肉。

然後順便也挑選農奴少女聲稱美味的蝗蟲系魔物後腿作為試吃對象。這傢伙是「搖籃」

事件時我用斧槍屠殺的魔物一部分。

由於感覺就像更加堅硬版的螃蟹甲殼，我便從萬納背包取出鋼鐵製的單手斧每隔十公分切成一段。

然後再橫向剖成兩半以便食用。裡面是黑底色帶有稀疏綠筋的纖維質肌肉。倘若是白色就很像螃蟹了。

我把鹽灑在許德拉的肉片和昆蟲的後腿，然後放在金屬網上火烤。因為擔心會吃不出肉的味道，所以我只做簡單的調味而已。

露露一臉認真地在我身邊看著，不放過任何調理過程。熱心鑽研是一件好事。

我盡量使用露露便於觀看的方式進行烹飪。

在眾人注視下烤好的肉，我用金屬製的夾子將其移到盤子裡。這個夾子是我在賽達姆市新製作的。

首先從許德拉的小肉片開始試吃好了。

波奇和小玉張大嘴巴茫然地仰望著，讓我不太好意思食用。

不過，總要等我確認安全無虞之後才能給她們吃。

帶著些許罪惡感，我開始咀嚼放入口中的許德拉肉。

——還挺美味的。

味道就介於兔肉和雞肉之間。像雞肉一樣清淡，卻又不是想像中鰻魚或穴子魚的那種清淡，而是更接近野獸的滋味。

雖然我比較喜歡噴射狼的肉，但這個只要有合適的調理法和醬汁，應該就會更美味了。

確認紀錄後，並沒有檢測出什麼異常。

接著我拿起金屬網上的昆蟲後腿。外觀就像不同顏色的烤螃蟹，聞起來卻帶有青草味，就像把剛採收的青蔥拿來火烤一樣。

我用刀子將裡面的肉削成蟹肉棒大小。

然後用叉子叉起確認其色澤，將烤過之後變得更黑的肉拿到營火上方加以檢視。要吃下這種東西需要很大的勇氣。

狠下心放入口中後——口感就像橡膠一樣。

味道本身並不差，但還稱不上美味。咬到綠筋的部分會有種奇怪的澀味，調理的時候或許先去除掉比較好。

拿來充飢的話已經足夠，卻不會想讓人經常食用。

為保險起見我又確認紀錄，這種肉似乎也很安全。

「大家也要吃吃看嗎？」

不用說，ＹＥＳ的回答聲如暴雨般襲來，於是我讓大家也試吃看看。

亞里沙瞇細雙眼，小玉猛然豎起耳朵和尾巴，波奇則颼颼地擺動雙手和尾巴。

「嗯，好吃。雖然不敢問這是什麼肉，不過既然好吃就原諒你了。」

「巴利美味～」

「肉果然是最強的喲。」

亞里沙、小玉和波奇三人吃完許德拉肉之後彼此訴說著感想。小玉說的是亞里沙教她的奇怪詞彙。大概是想說「Very美味」吧。

「真是美味。該用什麼方式烹調才好呢？」

「呼……真好吃。既然像兔肉，果然還是做成燉湯吧？」

「串燒也很棒——這麼建議。」

「燉湯雖然不錯，不過既然是大塊的肉，裡面塞進蔬菜後悶燒應該也很美味。」

「這樣會不會太豪華了點？就好像在辦祭典一樣。」

享用完許德拉肉之後，莉薩、露露和娜娜彼此開心地提議著要如何調理。

莉薩所建議的悶燒法似乎會很好吃。畢竟材料也多得足夠拿出來賣，真希望能做一道出來嚐嚐。稍後再不經意地提出這個要求吧。

如今還是先安撫一下無法吃肉，獨自一人被摒除在外而心情不佳的蜜雅好了。

畢竟她並非挑食而是因種族問題無法吃肉，實在令人同情。

「姆。」

「臉頰鼓得那麼大，小心無法恢復原狀哦。」

「佐藤。」

我戳戳蜜雅鼓起的臉頰，一邊將包在手帕裡的水果乾遞到她面前。

這是我用賽達姆市採購的水果自行製作的。

製作方法則是學習自和露露關係不錯的旅館女傭。

「好吃。」

「這個用在什麼料理上比較美味？」

「很難。」

蜜雅很珍惜地慢慢咬著捧在雙手的水果乾，同時開始皺眉沉思。

我平常沒有吃水果乾的習慣，頂多也只能想到加入優酪乳或玉米片而已。所以，調理方法我就全權交給蜜雅思考了。

試吃會就這樣繼續舉行，至於昆蟲的後腿——

「硬梆梆～？」

「這個肉的人很難對付喲！」

「很有嚼勁呢。倘若能妥善處理這股澀味就更美味了。」

除了「嚼勁」這一點獲得獸娘們的好評，其他部分的評價都很微妙。
「這個硬硬的部分只能把筋切開，不然就是削成更薄的肉片呢。」
「嘔！好難吃！做成絞肉還比較能入口吧。不過這種味道實在不想讓人花那麼多工夫。」
露露忍著難吃的味道全身顫抖，卻仍舊在研究烹調方法。亞里沙同樣的皺著眉頭提出改善方案。
「主人，換換口味——這麼希望了。」
或許是很不喜歡這種澀味，娜娜表情沮喪地緊靠我的手臂。
「馬上就要吃晚餐了，妳先等到那個時候吧。」
「是的，命令——這麼接受了。」
我將裝有水的杯子遞給娜娜一邊這麼勸誡。
昆蟲的腿部雖然失敗，不過有五〇%的成功率應該算很好了。由於許德拉肉非常美味，倘若到了明天沒有人喊肚子痛，從明天起我打算一天試吃一頓各類魔獸的肉。
另外，今天晚餐的主菜是大量使用了賽達姆市購買的兔肉和蔬菜製成的燉湯。
今晚負責做菜的人也是露露。她已經能做出比擁有調理技能的莉薩更美味的料理，真是期待將來的表現。

將餐後的收拾工作交給眾人，我自己則打開地圖確認露營地周邊狀況。

剛才用餐時在雷達上發現有不死魔物出沒，所以我正在確認其詳情。

由於白天應該還不存在，對方或許是到了晚上才會出現。

包括街道沿途在內數個看似廢村的地方，如今有等級個位數的骸骨魔物、十級左右的幽靈和二十幾級的怨靈正在徘徊著。

我將平常就寢時間使用的驅魔物粉投入營火中。

這些不死魔物似乎也厭惡驅魔物粉散發出的煙霧，雷達上的幽靈逐漸遠離至一定的距離，之後也沒有再靠近這邊的跡象。

待我確認安全無虞後準備幫忙收拾之際，眾人剛好也忙完了。

「主人，還有什麼吩咐嗎？」

「沒事了，妳們可以自由活動哦。」

我向代表其他人前來詢問的莉薩這麼回答。

獸娘加上娜娜的前鋒成員在露營地附近的草原開始木劍和木槍的訓練，蜜雅和亞里沙則是坐在營火旁面面相覷，努力構思著接下來要讓我製作的咒語。

露露換上褲子後在營火旁的墊子上開始做出亞里沙傳授的類似瑜珈的體操。

由於搭乘馬車旅行會導致運動量減少，所以我覺得做做伸展操對健康很有幫助。可以的話真想讓運動量不足的亞里沙和蜜雅也試試看。

確認每個人狀況後，我坐在墊子邊緣開始擺放用來製作魔法道具的器具。

等一下要製作的是亞里沙所要求的暖桌。

能容納八人的大暖桌無法進出萬納背包，所以我準備製作四張兩人用的暖桌使其可以合併起來。

我先利用賽達姆市購買的木材很快做好桌子的部分。

困難度比踏板高，但或許是木工技能的輔助緣故使得過程出奇順利。

桌腳和暖桌的加熱部分我設計成可以拆卸的形式。

確保加熱部分的安全性是很困難的一件事。我用金屬網堵住以防衣服之類的東西跑進裡面，外側又裝上木板防止有人觸碰金屬網。

金屬網本身是沿用為了烤魚和肉而大量購買的現成品。

這樣一來應該不至於燙傷才對。這時我腦中又掠過亞里沙和波奇的腳撞到木框的模樣，於是進一步把木框的角磨成平面以防撞擊時受傷。

接著手腳俐落地製作暖桌用的加熱迴路。雖然供給魔力時不得不將頭鑽進暖桌裡才行，但由於把導線牽到外面太過麻煩所以就省略了。下次到大都市之後再來收購可以作為導線之用的物品吧。

之後就是放在上面的頂板了嗎……

馬車對面有塊直徑一公尺半的岩石，我用聖劍「王者之劍」將其切薄成四塊厚度五公釐的石板。

不愧是聖劍，石板的切割面就像研磨過一般光滑。由於這樣子無法放進萬納背包裡，我於是先切割成暖桌的大小。

桌子本身我也加工成可以分解收納。在沒有工具的情況下製作固定用的螺絲實在有些麻煩。

「亞里沙，東西做好嘍。」

「咦？是剛剛做的？還不到兩個小時吧？」

「我利用了現有的材料，並不是從頭開始製作。」

見到驚訝的亞里沙，我內心有些得意地將暖桌放在墊子上。

然後從一起帶來的萬納背包中取出亞里沙昨天製作的暖桌被，夾在本體和石板之間後便大功告成。

我將魔力注入暖桌內部的發熱迴路，暖桌裡立刻產生溫和的熱度。

告知可以進去後，亞里沙和蜜雅便迫不及待地將腳伸進暖桌裡。

「嗚哈～冬天果然就是要有暖桌呢～」

「嗯，想要蜜柑。」

精靈之村似乎種植有蜜柑。以後把蜜雅送回那裡時可別忘了索取一些。

這時候結束疑似瑜珈動作的露露擦拭著汗水一邊前來詢問。被汗水黏住的頭髮看起來相當動人，等到長大之後可能就會釋放出致命的吸引力吧。

「這就是暖桌嗎？」

「是啊，露露妳也進去試試吧。」

聽我這麼推薦的露露，在客氣地將腳伸入暖桌之後顯得很開心。

接著前鋒成員也中斷戰鬥訓練，很好奇地靠了過來。

「這也是主人您製作的魔法道具嗎？實在是很理想的用具呢。真令人期待守夜的時候。」

「暖桌～？」

「裡面暖呼呼的喲。」

小玉和波奇從桌邊把腦袋伸進去好奇地聞聞味道四處摸摸，確認暖桌裡面的模樣。

「主人，這麼小是否無法容納所有人進去？——這麼詢問。」

「同樣的東西我還做了三個哦。」

面對娜娜的問題，我指向放在稍遠處保持拆卸狀態的暖桌。

在這之後，前鋒成員停止訓練，在我的指導之下進行了一場如何組裝和拆卸暖桌的練習會。

待這些作業都熟練後，我又讓大家嘗試填充魔力，但獸娘和露露四人卻遲遲無法上手。露露和莉薩使用過點火魔具，不過那是一種按鈕就會自動吸取魔力的用具，所以兩者間的要領並不相同。

「沒關係，以後慢慢就會了。」

說著，我安慰那些沒能做到的孩子，然後重新調整守夜的輪班表。

要是讓不會填充魔力的孩子聚在一起守夜，暖氣就會停止運作而變冷了。

當天深夜，我和娜娜一起守夜。

由於周圍沒有造成危害的野獸或魔物，所以我決定著手進行遲遲無法動工的實驗。為保險起見，先拜託娜娜用理術「探知」幫忙警戒周邊。

我走出雪屋型的防禦壁開始進行準備作業。

這次要挑戰的是在賽達姆市獲得的「聖劍」配方。

因亞里沙的提示而得以解讀的暗號裡記載了製作「聖劍」所需的特殊迴路液——資料中將其稱為「青液」——的製作方式，以及利用「青液」鑄造聖劍的方法。

這個「青液」雖然有辦法製作，但鑄造聖劍似乎必須有鑄造設備和許多種魔法的達人協助，所以目前大概做不出來。

於是在翻找過托拉札尤亞的資料後，我選中了「聖碑的製作法」這篇資料。

這應該是一種保護村落不受魔物侵害的精靈版結界柱，似乎具有防止魔物靠近的效果。根據資料所述，效果半徑大約為結界柱的一半。

聖碑的製作法有好幾種，我選擇其中只要注入魔力便會生效的最簡易型式。

搜尋儲倉後，我再次確認手中的材料便足夠製作。

——好，就做做看這個吧。

首先從「青液」開始。

這種素材很像製作普通魔法道具時使用的一般迴路液「魔液」，但「青液」卻是以寶石和黃金的粉末作為穩定劑，龍鱗粉則是取代了魔核粉。

特別是龍鱗粉似乎相當稀少，在獲得配方之後我找遍了賽達姆市的魔法道具店和鍊金術店，但沒有任何地方在販售。

所幸手中還有和獸娘們探索聖留市迷宮時所找到的小罐龍鱗粉，所以大概不必去動用龍之谷戰利品當中的鱗片了。

我遵循配方的流程開始調配與鍊成。

難度必想像中還要高。精神稍有放鬆龍鱗粉就會產生奇怪的振動想要分離，所以必須相當小心地調節魔力的流動。

——專心啊，佐藤！

就這樣經過漫長的幾十秒後，「青液」終於完成。

Ｖ獲得技能「精密魔力操作」。

這或許也是我集中精神的緣故吧。由於擔心完成的「青液」會劣化，所以我暫時將其收進儲倉裡。

接下來是準備用來雕刻聖碑魔法迴路的薄石板。這個石板是製作暖桌時的剩餘材料。

我用尖銳的金屬棒在石板上畫出迴路圖一般的線條，然後用布擦拭掉表面的塵埃和髒汙。

接著在儲倉裡對精密刻印棒補充「青液」。

這種精密刻印棒是帶有細溝槽的筆，藉由灌入溝槽中的迴路液來繪製細緻魔法迴路的道具。

善用了儲倉內品質不會變化的特性，我得以維持「青液」剛完成時的狀態用於繪製迴路。

這種「青液」似乎比普通的「魔液」更快凝固。雖然這種特性在繪製精密的迴路時相當便利，但倘若沒有像我這樣的儲倉大概難易度就會變得很高。

完成後的魔法迴路，我嘗試對其注入魔力。

這次的迴路相當精密，所以我也像是用筷子夾起鹽粒般小心翼翼地注入魔力。

利用剛才獲得的精密魔力操作技能，我將不足一點的魔力以大約兩位小數點的精密度緩緩注入後，迴路開始散發出朦朧的藍光。

這有點類似聖劍所發出的藍光。

這種光的顏色大概就是「青液」的名稱由來吧。

畢竟普通的魔法迴路所散發的是紅色的光，所以很容易區別。

就在我剛好注入一點的魔力之際，聖碑的魔法迴路便開始運作。我就這樣繼續一點一滴增加魔力供給量，在消耗至五點時停止注入。

以魔法迴路為中心，產生了直徑一公尺、高六公尺左右的藍色光柱。

乍看是普通的光柱，但可以從不同的角度看見光柱內部有好幾道投射出魔法迴路的魔法陣。

原本在戒備周遭狀況的娜娜，這時候從雪屋型防禦壁裡走出來。

「主人，『探知』魔法所呈現的魔物突然消滅——這麼報告道。」

我將目光轉向在視野角落縮小顯示的雷達畫面。

的確，之前出現在雷達邊緣的魔物都消失了。

「這道光柱具有驅除魔物的效果哦。」

「主人，我的資料裡，只有聖劍才會發出藍色的魔法光——這麼記載。」

眺望著光柱，娜娜面無表情地傾頭道。

「嗯嗯，因為這個使用了和聖劍相同的素材啊。」

「原來如此……好漂亮。」

娜娜這麼點頭，目光始終無法從光柱移開，感覺整個人就像看得入迷了一樣。

我先讓娜娜保持這種狀態，自己轉而確認光柱的性能。

確認地圖後，五百公尺內的魔物已經跑得無影無蹤。而在五百公尺的環狀邊緣上則是聚集著從聖碑效果圈內逃出的魔物。

確認紀錄的結果，剛才發動時好像打倒了好幾隻幽靈系的魔物。蟲系的魔物未被消滅，擁有實體的骸骨魔物也只有少數被擊倒，所以這似乎對於非實體系的不死魔物特別有效。

——不愧是聖劍的配方。

那麼，關於聖碑使用了「青液」之後的效果範圍，由於結界柱的效果範圍還不到半徑一百公尺，所以比起資料上所述的普通聖碑足足擴大了十倍以上。

平常使用的驅魔物粉會因風向問題導致效果範圍變動，所以聖碑的效果範圍如此之廣實在令人高興，不過問題在於這個醒目的光柱。

像這種高度的光柱，鄰近的村落應該也能看見。

我嘗試使用魔力操作，看看能否洩掉聖碑的魔力。

仿效對娜娜進行魔力循環的要領，我讓自己的身體成為迴路的一部分以循環魔力，然後慢慢將魔力洩掉。

原本是打算先一度洩掉所有的魔力後再重新裝填，不過……

「主人，光已經消失——這麼報告道。」

依舊面無表情的娜娜，這時看似有些沮喪地向我報告。

「娜娜妳要試試看供給魔力嗎？」

「是的，主人。」

聽我這麼建議後，娜娜幹勁十足地回答，然後開始對聖碑注入魔力。

或許是比暖氣迴路更為精密，使得魔力難以流動的緣故，娜娜的額頭浮現汗水。

不久她似乎終於抓到訣竅，聖碑的魔法迴路開始散發淡淡的藍光。就這樣，光柱成長至兩公尺的高度便停止。

「這樣差不多可以了。」

「是的。」

我將手帕遞給呼吸有些紊亂的娜娜讓她擦汗。

確認娜娜的狀態後，發現她失去了三成的魔力。

根據以前從亞里沙口中獲得的情報推測，娜娜的魔力總量大約是七十點，所以消耗的魔力起碼是我的將近二十倍。從光柱的大小來看，說不定差異還會更大。

看來我的魔力供給效率似乎很異於常人。

就算能夠毫無損失地供給魔力，倍數也相差太多了。恐怕是因為同樣的一點魔力卻擁有不同密度的緣故吧。

從魔法效果的大小考量，這樣的可能性比較大。

另外，娜娜供給魔力的聖碑效果一直維持到了早上。

我乘守夜時進行驗證，發現就算將藍光擋住或以防禦壁完全覆蓋也無損其效果。

明天開始就用不透光窗簾製作一個圓筒，將聖碑放在裡面用來驅趕魔物好了。

雖然這樣會導致驅魔物粉大量滯銷，但將來總有機會派上用場。而且放著也不會礙事，所以我就將其封存於儲倉的角落。

就寢前再次確認地圖，魔族的分體從三具減為一具了。

相對地，魔族本體的等級從三十五變成三十七。看樣子每製作一具分體就會降低一級，當分體回到本體後又會恢復一級。

倘若附在騎士身上的魔族就是這傢伙的分體，那麼最好將魔族的等級視為起碼有四十級比較妥當。

少年少女盜賊團和開拓村

「我是佐藤。每次在觀賞『尋找振興家族的隱藏資金』的尋寶節目時我都會冒出不合時宜的感想，覺得當時的地租實在很沉重。話雖如此，現在的稅金也已經夠沉重了呢。」

「喝——喲！」

波奇手中的短劍一刺，貫穿了盜賊頭目的腿部。

「少瞧不起人了，小丫頭！」

頭目掄起手中的斧頭準備砸爛波奇。

「姆。」

「嘿～」

這時，蜜雅以短弓射出的箭和小玉的投石也命中頭目的手臂，打斷了針對波奇的攻擊。

「唔！才這點程度——」

看準頭目整個人搖搖晃晃卻仍大吼大叫試圖嚇唬敵人之際，亞里沙的精神魔法「精神衝擊打」冷不防砸了過去。

被奪去意識的頭目就像個斷線的牽線人偶一般倒在地面——

靠著亞里沙的魔法讓盜賊們昏倒之後，眾人解除他們的武裝並用繩子捆起集中至街道旁的草地上。

「然後，這些傢伙要怎麼處理呢？」

「這個世界通常都是怎麼做的？」

亞里沙主動這麼詢問，我於是反過來問她這個世界的做法。

目前為止所遇到的盜賊全部都是賞罰欄清清白白的村民，所以我們隨便教訓一下對方之後解除武裝，再用我的威迫技能和亞里沙的「恐懼」魔法將他們嚇跑。

「倘若嫌麻煩，通常會直接斬首。將盜賊的首級交給城鎮或都市的衛兵就可以獲得消滅盜賊的獎金。」

回答我的人是莉薩。

實在是相當暴力的答案。我比較希望採取溫和一點的手段。

「如果不嫌麻煩呢？」

「就把活著的盜賊帶到都市。像這種情況，盜賊會被賣給奴隸商人作為犯罪奴隸，販賣金額的一半會連同獎金一併支付給逮捕人。」

原來如此，後者除了改善治安以外也可確保勞動力。大概是因為有契約技能可以進行奴隸契約的緣故吧。

「那麼，我們要返回剛才經過的城鎮嗎？」

「不，就挖個洞丟在裡面吧。」

那個城鎮的衛兵似乎也和盜賊一樣犯下了性犯罪和殺人等重罪，所以我不想靠近那裡。屆時搞不好會被冠上捏造的罪名，馬車和行李都被奪走，還會對我家那些孩子做出不良的舉動。

「要容納這麼多人？」

「嗯嗯，有魔法的話一下子就搞定。」

為了證明這點，我用「陷阱」魔法將盜賊們關在無法輕易脫困的坑洞底部。

由於已經確保安全，我便將保護露露和馬車的「防禦壁」解除。

剛才我拜託露露負責照顧馬匹和馬車，但她如今的臉色卻有點差。

「露露，妳不要緊吧？」

「是，是的……」

她是個心地善良的女孩，大概是見到眼前戰鬥中有人受傷因而遭到打擊吧。

正在整理戰利品的小玉找到某種東西後舉起來讓我看。

「加波瓜～？」

小玉手裡抓著一種彷彿將拳頭大小的南瓜塗成紅色的根菜。

記得加波瓜雖然很難吃但卻營養豐富又容易生長，所以會在穆諾男爵領這裡栽培一點也不足為奇。

只不過這似乎也是哥布林最喜歡的食物，因此一般只會種在都市等有外牆圍住的場所。

我下意識搜尋剛才經過的城鎮，發現那裡大量種植了加波瓜。從栽培地點來看，整個城鎮三分之二的面積似乎都成了農田。

這在連年飢荒的領地裡並沒有什麼好奇怪的，但在魔族假扮成執政官的穆諾男爵領就似乎有種陰謀的味道了。

我搜尋領地內的哥布林，結果在穆諾市附近的大森林裡找到了五個達米哥布林的小聚落。各個小聚落大約有三十隻，都分散在大森林裡，所以應該不是刻意讓牠們繁殖的才對。

話說回來，不是叫哥布林而是「達米」哥布林嗎？

記得「達米」應該是亞種的意思，所以牠們就是哥布林的亞種了。魔物的亞種乍聽之下好像很強，但牠們都是等級一到三的小嘍囉，所以就算強一點也不成問題。

關於達米哥布林和加波瓜的事情先到此為止吧。

將整理完畢的戰利品塞進萬納背包裡，我們離開了戰場。

◆

又過了兩天，進入穆諾男爵領的第六天中午過後。

我們遇到了令人傷腦筋的盜賊。

「這就是剛才提到的少年少女盜賊團？」

「……嗯嗯，似乎是這樣。」

五名小女孩躺在街道上，擋住了馬車的去路。

對方應該是想不擇手段擋下馬車，但未免也太亂來了。

「別動！森林裡可是有十名射手瞄準你們的馬哦。」

森林裡傳來少年變聲前的高亢聲音這麼威脅道。

莉薩為保護馬車而策馬來到我們和少年少女盜賊團之間，娜娜也就定位保護駕駛台的我和露露。

當然，少年的威脅只是虛張聲勢。透過地圖搜尋，我已經確認對方並未持有弓或彈弓。

投石用的石頭倒是有，不過小孩子丟來的石頭輕輕鬆鬆就能應付了。

我指示莉薩和娜娜非到危險的地步不得出手。

「不想死就把食物留下來！」

少年極力這麼要求，但接下來就出了問題。

「我要地瓜。」

「應該說『把肉乾留下來』才對吧！」

「我也想吃吃看麵包。」

「只要不是雜草什麼都行哦。」

「笨蛋！你們安靜點。」

「罵人笨蛋的自己才是笨蛋哦？」

「好了，給我閉嘴。」

年少的孩子們七嘴八舌的要求將氣氛破壞殆盡。

稍後再給他們糧食，如今先確保去路再說。

「波奇隊員、小玉隊員，命令你們排除路上這些小女孩。別讓她們受傷了。」

「知道了～」

「收到喲。」

小玉和波奇做出亞里沙教她們的軍隊式敬禮動作，然後跑了出去。

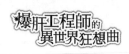

我也一起離開馬車，抓起擋住馬車去路的小孩子，對準森林中其他小孩以不讓她受傷的力道輕柔地將其拋出。

可以看到那些小孩急急忙忙接住我拋出的小女孩。

我將目光轉向下一個小孩，卻見到前往排除的小玉和波奇輕輕坐在那些小女孩旁盯著她們的臉看。

「肚子餓了～？」

「咕嚕咕嚕叫喲。」

小玉和波奇摸摸口袋，將找到的肉乾和餅乾碎片遞給那些小女孩吃。

「是肉——」

「好好吃。」

「謝謝。」

小女孩們紛紛輕聲歡呼。

察覺我的目光後，小玉和波奇鬼鬼祟祟地四下張望，然後將收下點心的小女孩們急急忙忙搬進路肩的森林裡。

獨自一人被留在路上的女孩子也匆匆追著兩人進入森林。

「只有妳們吃東西太不公平了。」

「我也想吃肉。」

小孩們在森林中悠哉地開始爭吵。

「好好相處～？」

「不……不可以吵架喲。」

見到孩子們在吵架，身為罪魁禍首的小玉和波奇很困擾地出面調停。

原本我打算叫回這兩人駕駛馬車出發，但地面還趴著一個搞不清楚狀況的少女。

外表大約是中學生的年紀，根據ＡＲ顯示就和露露同歲，所以應該稱呼為少女。

「妳要自己走回森林，還是想被丟過去呢？」

聽了我些許冷酷的警告，少女仍舊臉朝地面整個人一動也不動。

我抓住趴在地面的少女腰帶將其抬起，但中途卻停下了。

她似乎被突出街道的樹根卡住了手。要是硬拉很可能會導致手臂受傷，所以我拔出腰間的刀子打算砍斷樹根。

「放……放開托托娜！」

團長身分的少年單手持棍棒從森林裡跑來。

我毫不在意地砍斷纏住少女托托娜的樹根，將她拖離地面扛在肩膀上。

見到莉薩準備上前阻擋胡亂揮舞棍棒的少年，我伸手制止了。

看準少年揮下棍棒的時機將其踩住並奪下武器後，我就這樣用腳掌推一下少年的腹部讓他向後跌倒。然後抓住轉了一圈後頭昏眼花的少年腰帶把他丟向森林裡的同伴所在處。

少女托托娜隨後也拋到他的身上。

回到馬車後，亞里沙遞來從萬納背包取出的糧食包，於是我將其放在路肩。

儘管是小孩，但對方畢竟出手襲擊我們，所以我留下的是超級難吃的糧食包。

出發之後的馬車內，跪坐著的小玉和波奇兩人正在接受莉薩的訓斥。

未經主人允許就把所持物品送給他人，似乎觸犯了奴隸的禁止事項。

只是點心的話倒無妨——雖然心裡這麼想，但這兩人我一向交給莉薩負責管教，所以還是等莉薩嘮叨個不停之際時再出面解救她們吧。

另外，莉薩的馬如今是蜜雅在代為騎乘。

將莉薩的訓斥當作背景音樂，我打開地圖確認前方的路程。

越過前面的河川，沿對岸大森林的街道往西前進，大約三天就可抵達通往大森林深處的小徑了。由於從小徑開始就無法以馬車通行，所以勢必要在大森林旁邊的城鎮補充馬匹。

當前的問題是位於前方河岸的神祕老人軍團。

他們或許是從最近的村莊前來捕魚，但全員都是老人這點又令我感到好奇。

「你在想剛才那些孩子的事情嗎？」

亞里沙在我身旁坐下，用心理醫師般的諮詢口吻這麼詢問。

「不，這次是為了那個神祕老人軍團在頭痛。」

「……老人？」

或許是太出乎意料，亞里沙傾頭露出錯愕的表情。

告訴本人的話又會讓她得意忘形，所以我故意不說出來。亞里沙這種動作很適合她的外表，看起來非常可愛。

「沒錯，是一群老人。」

我再一次這麼強調，然後輕輕撫亂她的頭髮。

◆

馬車在遭遇少年少女盜賊團之後又行駛了兩個小時，我們終於抵達了河岸。

剛才發現的神祕老人軍團依舊還聚集在河岸。

他們並非在河邊捕魚，八個人純粹只是圍著營火在取暖。

話雖如此，眼前的河流幾乎已經乾涸，僅在河川正中央有微不足道的涓涓細流，所以打從一開始就不可能抓到魚了。

河的寬度相當於一級河川，所以大概是地震之類的原因導致水流改變了吧。

對方似乎察覺到我們的存在，但並未做出什麼反應。

乍看彷彿是流浪漢，不過在這種危險的場所毫無防備地露宿就等於自殺行為。

我感到有些好奇，於是將馬車停在距離他們升火處隔著一個街道的另一側河灘，在莉薩的護衛下前往與對方接觸。

見面禮則是一個酒瓶和煙燻熊肉。

這是我逗留在賽達姆市的期間測試道具箱時順便收納煙燻器，長時間煙燻而成的。

由於沒有地方排煙，大部分的肉都燻過頭而導致走味。這個煙燻熊肉是其中少數的成功例子。

「午安，今天的太陽很暖和呢。」

「哎呀，是商人先生嗎？找我這樣的老頭子有何指教？」

我向老人軍團的團長出聲問候，對方卻回以出奇恭敬的語氣。

其他老人都很普通，唯獨這個人的狀態相當突出。

除了等級高達十三，還擁有「禮儀」、「計算」、「書寫」的技能。可能原本是個替貴族服務的文官吧。

「抱歉打擾你們。我打算在小河這邊補充飲水，停下馬車後就見到各位的身影，所以前來打個招呼。」

雖然理由有點牽強，不過應該沒有問題。

團長還來不及回答，老人軍團便七嘴八舌地搶著發言。

「那真是多禮了。把我們當成路邊的石頭就行了。」

「是啊。我們也只能眺望河川等待神的召見啊。」

「就算回到村裡，也只會給孩子們增添負擔啊。」

「與其賣掉孫子，還不如待在這裡等待神的召見。」

「要是願意施捨一點食物，我們非常歡迎哦？」

「說得也是啊。」

看來這裡並非姥捨山（註：日本民間傳說中，將高齡的雙親帶到山上棄養之處），而是姥捨川了。

「不用露出那種表情哦。」

老婆婆輕聲這麼安慰我。

我身懷無表情技能，感情應該不會呈現在臉上。莫非是氣息上有所變化嗎？

「沒錯，我們都是為了少一張嘴吃飯而自願離開村裡的。」

「對對，只要少掉老頭子和老太婆，賣身的女孩也會跟著減少吧。」

「畢竟村長也在抱怨，最近都沒有商人過來購買奴隸了。」

由於不再有人購買家中的女兒，所以這次換成老人要犧牲了嗎？

眾人表示這條河沿岸不太有魔物會靠近，所以他們就在此靜靜等待生命的盡頭。至於魔物不會靠近的原因則是不明。

我稍微確認一下地圖，發現老人背後沿河川走向的山頂堡壘遺跡可能是主要原因。

「這是我們有緣相識的一點小意思——」

我將帶來的酒和燻肉交給團長作為禮物。

老人軍團立刻從團長那裡接過酒肉，笑容滿面地鼓譟著。

那充滿活力的模樣，實在不像狀態上所述的「飢餓」和「過勞」。

「哦哦！有酒有酒！」

「真是無法形容的香味啊。」

「有幾年沒喝到了？」

「哦哦！這邊也肉也很棒啊。」

「來來！商人先生和那邊的護衛小姐也一起來烤火吧。」

「死前竟然能留下美好的記憶啊。」

「在那些孩子回來之前就開動好嗎？」

儘管有人講了些不吉利的話，但大致上都很開心。

最後的老婆婆所說的「那些孩子」大概就是少年少女盜賊團的小孩吧。

「要是還有其他人，出發前我再分各位一些吧。」

「那真是感激不盡。來來，先喝碗酒。」

我接過一名老爺爺遞出的酒碗一飲而盡。

「哦哦！好痛快的喝法啊。」

我和老爺爺軍團彼此對飲，一邊打聽了這一帶的許多傳聞。

剛才那些孩子似乎是附近農村裡差點要被拋棄的農奴小孩。

如今看來並不需要護衛，我於是讓莉薩返回馬車處開始準備露營。原本是打算在對岸比較靠上游的地點紮營，不過換成這裡應該沒什麼問題。

我拜託莉薩製作可以填飽多數人的大量筋肉與地瓜的燉湯和麥粥。這些人平時應該沒吃什麼東西，所以我選擇易消化的麥粥和具有飽足感的燉湯組合。筋肉由於很難咬斷，想必會相當耐餓才對。

由於使用的地瓜數量不少，年少組似乎也在幫忙削皮。

「——當時我被骸骨魔物包圍，還以為死定了啊。」

「怎麼又在老調重彈了。」

喝了酒後滿臉通紅的團長，其發言被其他人打斷了。

「是這裡還是候爵領時的事情嗎？」

「嗯嗯，是啊。那個時候不死魔物從建築物的暗處不斷湧出來啊。」

「真虧您能平安無事呢。」

「這就是奇怪的地方。除了貴族和攻擊魔物的士兵之外，其他人都沒有遭到魔物的襲擊啊。」

原來如此，「不死王」賽恩並非胡亂攻擊所有人嗎？

「不過，真正危險的事情還在後頭。」

「——發生什麼事了嗎？」

「候爵把魔物連同整座都市一起燒掉了。」

「……太亂來了呢。」

「是啊……無數巨大的火焰砲彈朝都市傾盆而下，無論魔物或市民統統都被燒個精光。那簡直就是人間地獄……」

團長顫聲這麼敘述。遭遇了如此嚴重的災難，這個人居然還能倖存至今呢。

「既然如此，現在的穆諾市就是之後重建的都市嗎？」

「不，我所在的地方並不是穆諾市。」

據他所言，搶奪賽恩妻子的人似乎並非候爵，而是候爵的弟弟。那位候爵弟弟擔任太守的都市，就成了被賽恩攻擊的目標。

「話說回來，竟有這麼厲害的兵器能燒毀整座都市。」

「穆諾候爵城堡裡的魔砲可是古代帝國的遺產啊。」

「古代帝國是嗎！」

這次是古代帝國嗎！真是會讓失落的中二病發作的關鍵字。

之前在聖留市和潔娜一起參觀的抗龍塔，上面安裝的魔力砲和這個不同嗎？

「是……是啊，在希嘉王國建立之前的——」

整理一下團長有些結結巴巴的說明後，所謂的古代帝國，就是希嘉王國建立之前存在於這個穆諾候爵領到南方歐尤果克公爵領一帶的帝國。

而且安裝有魔砲的穆諾市，似乎就是統治歐克帝國的魔王與沙珈帝國的勇者之間交戰的最前線。

……等等，從剛才的話聽來，魔砲可以進行都市之間的攻擊。

那有可能是利用源泉之力的兵器，但能夠攻擊位於數十公里外的都市這點，簡直就像我的「流星雨」一樣。

「話雖如此，那裡現在已經沒有魔砲。聽說是『不死王』在殺死穆諾候爵的時候一併摧毀了。」

團長說著引人入勝的往事，一直持續到夕陽映出長長的影子為止。

「爺爺奶奶，我們弄到食物啦。」

「今天可不是雜草哦。」

少年少女盜賊團的孩子們身上沾滿了樹葉和蜘蛛絲，從我和老人軍團升火的背面樹林中全速跑了出來。

「啊，是剛才那些人。」

「是來討回食物的嗎？」

「我們被埋伏了。」

發現我置身在一群老人當中，孩子們很不安地躲在小孩團長的背後。

這些孩子，難道看不出這種和樂融融的宴會氣氛嗎？

「主人，飯準備好了哦～」

「告訴莉薩請她搬過來這裡。大家一起吃吧。」

由於事先告知過老人軍團，如今只有這些孩子們感到吃驚。

莉薩和娜娜將搬來的大鍋放在營火旁。

飯碗則是待在賽達姆市的期間大量製作的，應該足夠應付這些人數。

將食物分給老人們和我家那些孩子後，少年少女們依舊沒有上前排隊的跡象。

「你們不喜歡麥粥嗎？」

站在最前方的少年露出強烈的敵意，我於是轉而詢問一旁的少女。

「不，很喜歡。」

「那就一起來吃吧。」

儘管我這麼勸說，戒心重重的孩子們卻仍沒有動手。

「是啊，你們也一起吃。」

「好了，孩子們。還不趕快坐下？」

不過，見到老人們遞出裝有麥粥的飯碗後或許是再也忍不住，孩子們最後忐忑地接過食物開始享用。

「好……好好吃。」

「不是雜草哦？」

「哇啊，味道好香。」

「這邊的燉湯裡面有肉。」

「不會吧?」

「是真的,有肉~」

雖然交談的內容有些奇怪,但孩子們總算很開心地開始用餐了。

「小心點。要細嚼慢嚥,否則腸胃會受不了哦。」

「是啊,大家要細嚼慢嚥。這大概是最後一餐吃得這麼豐盛了。」

「笨蛋,吃東西的時候別講這種觸霉頭的話!」

接續亞里沙的叮嚀,老爺爺做出這番不吉利的發言,但立刻被一旁的老婆婆敲了腦袋。

接著,最先吃完盤內食物的波奇一句話引發了戰爭。

「再來一盤喲~!」

聽到這句話,少年少女當中彷彿「嘩」地一聲頓時變得緊張萬分。

已經吃完東西的少年們口含湯匙,對於再裝一盤食物的波奇投以羨慕的目光。

「小孩子用不著客氣哦。盡量吃吧。」

亞里沙對此看不下去,於是向孩子們這麼宣布道。

吃完東西的孩子們聞言立刻湧向娜娜身邊。

至於還沒吃完的女孩子和年幼的小孩也加快用餐速度。老人們則是出聲訓斥那些差點噎到的孩子:「吃慢一點啊。」

「食物還有很多，想再吃的話不用客氣。」

我這麼大聲呼籲之後便中途離席。

看樣子食物好像會不太夠，所以我又前往馬車前的調理場準備追加的食物。

露露和莉薩也隨後跟上來，我們便一起將透過萬納背包從儲倉取出的許德拉肉切成一口大小，然後用竹籤串起。

照那些人的狀況看來，每人應該可以吃下兩串吧。

「需要幫忙嗎？」

「那……那個，我來幫忙。」

「幫忙。」

老婆婆、少女托托娜還有看似托托娜的妹妹的小女孩這時也一起前來幫忙。

由於增加了三名幫手，肉串比預期中更快準備妥當。

我們拿著金屬網和放有肉串的盤子回到營火處，準備讓大家享用現烤的肉串。

「耶～」

「是烤肉串喲！」

開始燒烤的肉串香味讓小玉和波奇舉起雙手歡呼道。

就連正在吃第二碗的孩子們也直直盯著露露烘烤的肉串，手中的湯匙差點要掉落。

食量小的蜜雅來到沒有肉類油煙的場所開始演奏魯特琴。

曲子是配合現場氣氛的輕快旋律。

吃著剛烤好的肉串，孩子們的歡笑聲伴隨音樂流洩於星空。

飽餐一頓後的孩子們開始想睡覺，於是便鑽進營火旁挖掘的坑洞裡。

原本以為坑洞很深，但往裡面一看才知道直徑約兩公尺，僅有九名孩子彼此靠在一起才能鑽入的深度。

這個洞穴上似乎會蓋有類似草編涼席的物體用來擋風。至於老人睡覺的豎坑則是另有他處。

由於對方看起來很冷，我便將封存於儲倉的褐色狼及熊的毛皮提供給他們。

好歹大家一起吃過飯，這點雞婆的舉動應該不要緊。

「那個，商人哥哥。」

「什麼事？」

跟我說話的是白天用棍棒想要營救托托娜的少年。根據AR顯示，他似乎是托托娜的弟弟。

「這個是謝謝你們的食物，還有白天襲擊你們的賠禮。」

少年遞出一樣表面光滑的木工製品。那是各自用三根五公分長的角木垂直交會於一點的形狀。

收下少年手中的木工製品，其意外的重量令我吃驚。

根據AR顯示，這並非木材而是名叫大馬士革鋼的金屬。仔細一看，頂點的好幾處都帶有銜接的紅色線條。

使用久違的鑑定技能調查後，得知這項物品叫「魔鍵裝置」。看來是一種用途廣泛的裝置，只是不知道會是什麼東西的鑰匙。

「是你做的嗎？」

儘管不認為是少年所製，我還是這麼詢問以聽他親口回答。

「不是，在山裡撿到的。」

「什麼！我不是說過別進去那座山嗎！」

其中一名老爺爺指著附近的山，口沫橫飛地斥責少年。

我心想可能有什麼危險的生物存在，於是便確認地圖。

白天明明沒有任何東西的堡壘遺跡裡，此時竟然出現了三十隻左右的怨靈和骸骨士兵。

骸骨士兵為十級左右，怨靈則是高達二十五級。

特別是後者擁有「普通武器無效」、「麻痺」、「恐懼」、「眷屬支配」、「搶奪生命」等種族固有能力。而且好像還會施展「冰魔法」。

儘管只會在夜裡出現，不過這麼近的距離存在危險的魔物，真虧這些老人和小孩能平安無事。

另外，還有等級高達十五的野豬在山裡徘徊著。

「那座山裡有什麼東西嗎？」

我向訓斥少年的老人這麼詢問。

「夜裡可是會出現貴族的怨靈啊。白天還有名叫『卡達梅』的超大野豬在四處徘徊。」

「既然是大野豬，吃起來一定很有嚼勁吧。」

「能打倒的話再說。之前有三個脫隊的士兵到山裡去抓卡達梅，結果只有一個人活著回來。」

老人重重嘆了一口氣。

被視為山中霸主的野豬嗎。

我剛好也想補充一下豬肉的庫存，就去一趟山上的堡壘遺跡磨練一下我家那些孩子的等級吧。

◆

隔天，我們分乘四匹馬登上通往堡壘遺跡的山路。馬車則是留在山腳下。

今天的目的是獵殺野豬和消滅堡壘遺跡的魔物。

有危險的怨靈我考慮自己用魔法或聖劍打倒，而其他小嘍囉就為我家那些孩子貢獻經驗值好了。

順帶一提，分乘四匹馬的是娜娜和波奇、莉薩和亞里沙、蜜雅和露露、我和小玉的組合。

「南無～？」

坐在我前方的小玉忽然對著山谷側雙手合掌。

「怎麼了嗎？」

「有骨頭～」

循著小玉指示的方向望去，山谷側的懸崖中間的確掛著看似布塊的物體，縫隙間可以見到白色的東西露出。

而一旁還露出了看似刀柄的物體。在我不經意注視之際，ＡＲ顯示出現了「祕銀短劍」的字樣。

哦哦！想不到會在這種地方碰到奇幻世界裡的代表性金屬。

「小玉，幫我拿一下轠繩。」

「系！」

將馬交給小玉操控，同時告訴大家要去回收一下遺物後，我便爬下山谷邊的陡峭懸崖。然後將吊在隆起處的白骨和其他遺物依序回收至儲倉。不用接觸便能回收實在是相當方便。

在回收的包包類物品中，我找到了裝在堅固盒子裡的幾本書以及和昨天少年送我的物品相同材質的拉桿。

書名看起來相當聳動。有《魔砲「高貴血脈」的保養流程》和《魔砲「高貴血脈」的操作流程》兩本書及看似暗號表的三本薄冊子。

這想必就是老人軍團的團長昨晚在述說往事時所提及的魔砲相關之物。

剛才的拉桿似乎也名叫「魔砲操縱桿」，少年給我的「魔鍵裝置」同樣也是這個人的遺物吧。對方恐怕是與穆諾侯爵有所關連的貴族之一。

這些資料和物品看來似乎屬於相當重要的機密，但最主要的魔砲在將近二十年前就被「不死王」賽恩破壞，所以如今只能算是毫無意義的收藏品了。

我們在中午之前抵達山頂的堡壘遺跡。從山腳出發大約花了兩個小時。

這裡的堡壘遺跡比領境的堡壘更廣，似乎是個可常駐兩三百人的山城。

正面的鋼鐵製升降格子門已經落下，無法進入其中。

集合我們前鋒成員四人的力量也無法抬起來。

嗯，畢竟是堡壘的正門啊。

乘大家將注意力放在格子門，我越過外牆從裡面操作格子門的捲揚機將門打開。

跳躍外牆時，感覺好像突破了某種結界。

我注視結界所在的地方卻什麼也沒有顯示。不同於庫哈諾伯爵領的「幻想之森」結界，這裡似乎是一旦被突破就會消失的型態。

在中庭簡單用完溫熱的湯和麵包後，我決定到堡壘主建築的外圍探險。

用地內整體都被雜草包圍，不過有裝備割草用具的小玉和波奇賣力地開路，我們還是抵達了後院區。

在那裡，橙色的鳥類正毫無防備地在啄食東西。

「獵物～？」

「這邊有蛋喲！」

我之所以首先來到後院，就是因為在地圖上發現了這種橙雞。

這種雞和現代的日本雞一樣都不會飛。

由於動作遲鈍，小玉和波奇很輕鬆就能捕獲。

每一隻橙雞身材都圓滾滾，小玉抱著的話足以擋住她半個臉。另一方面，生下的蛋並沒有如此巨大，大約是普通雞蛋的L號而已。

「嗯！」

「怎麼了？」

我望向亞里沙發出厭惡聲的方位，那裡是洋香菜的叢生地。

「原來是洋香菜啊。」

「誰是剩女（註：洋香菜原文パセリ，取其「沒人要吃而被留下來」之意，用來形容剩女）啊！這一世我不會再讓任何人叫我剩女了！所以主人，就算在成年前只是先有婚姻之實也好，請娶我吧！」

亞里沙像惡狗一樣「咕嚕嚕」地吼道，頂著三角眼撲了過來。

和亞里沙在一起的露露被對方的行動嚇得目瞪口呆。

洋香菜是用來暗指沒有男朋友的單身女性嗎？雖然沒看見有人實際這樣說過，但印象中曾經在少女漫畫裡見過這麼一幕。

「好不好！包括露露在內，我們姊妹一起——」

「好好，要是妳十年後還單身我再考慮吧。」

我急忙打斷亞里沙即將脫口而出的聳動發言。

「真的哦！絕對要遵守約定。」

好耶——她做出完全不像個少女的勝利手勢之後跑了出去。

「……好羨慕。」

順風耳技能捕捉到了露露的這番喃喃自語。

垂下目光，眼前就是露露表情專注的美少女臉龐。

被那傾城的美貌注視著，讓我彷彿一下子就要誤入蘿莉控的歧途。

——或許是這個原因吧？

「主人，我也……」

「好吧。露露妳過十年之後依然單身，我就一起娶妳和亞里沙吧。」

「好的！」

我不由自主地做出了這番無責任的發言。

面對笑容滿面的露露，我的罪惡感有些在發作。

這個國家似乎允許重婚，但我不知道自己五年或十年後是否仍在這個世界。

既然我像作夢一般突然出現在這個世界，那麼或許哪一天夢醒了又會突然被送回原來的世界。

況且，我對原來的世界並非沒有依戀，即使要一輩子住在這裡也希望至少能寄信給原來世界的家人或朋友。所以等到把大家都安頓好之後，我打算前去叨擾一下沙珈帝國。

——嗯，用不著這麼認真地煩惱吧。

既然存在召喚和遣送的魔法，只要有十年的時間我起碼能開發出自由往來於兩個世界的魔法。

更何況十年後的亞里沙和露露實在不可能維持單身。

不知我內心的想法，露露手按著臉頰喃喃道。

「嘿嘿……新娘嗎。」

露露小姐，現在只有我們兩人，請不要用美少女的臉龐做出那種蕩漾的笑容。

雖然似乎快被獸慾所控制，但我還是動員所有的理智極力忍耐。

「主人，方便的話請過來這裡一下。」

莉薩的呼喚聲，拯救了即將被露露散發的粉紅色氣息所吞沒的我。

我帶著露露往莉薩招手的方向走去。

穿過枯萎的玫瑰拱門後，那裡有個從雜草堆裡露出的噴水池。

「可能有陷阱，所以我沒讓任何人過去。」

「謹慎是件好事。」

我稱讚莉薩的行動，然後仔細地確認噴水池前方。

偵測陷阱的技能沒有反應，透過地圖調查也不見疑似陷阱的構造。

「——似乎沒有問題。」

我這麼告知後，莉薩就像開路的士兵一樣舉著槍前進至噴水池。

「割草隊登場～？」

「努力割草喲！」

小玉和波奇這時也現身，開始清除噴水池前的大房間裡所叢生的雜草。真是太能幹了。

「佐藤。」

雙手抱滿蔬菜的蜜雅從拱門的另一端搖搖晃晃地走來。

「花椰菜還有芹菜？」

「嗯。」

和日本的品種不同，但應該是花椰菜和芹菜的近親沒錯。

蜜雅聲稱它們和洋香菜一起生長在角落裡。

「晚餐就用花椰菜做燉湯吧。」

「很期待。」

蜜雅很開心地點點頭。

接著，獸娘們又從噴水池的對面捉來三頭山羊。

娜娜則是將看似橙雞小孩的小雞心滿意足地托在掌上。

後院裡甚至還長有柿子樹和梅子樹。柿子是澀柿，不過可以製成柿餅，所以我先把掉落的果實收集起來。

真是的，明明是不死魔物的巢穴卻是這麼一個和平的地方。

鏘——鏘——的聲音響起。

我讓完全武裝的莉薩打頭陣，大家一起踏入堡壘的入口大廳。

莉薩身後是小玉和波奇，這兩人後方跟著娜娜，然後是亞里沙、蜜雅和露露三人，我則是走在最後方。

整個入口大廳挑高至二樓處，陽光從二樓部分的窗戶射入。其空間足以舉辦一場小型的舞會。

由於不死魔物只會在夜裡出現，我們先在日落後的正式作戰之前進來調查堡壘內部。

入口大廳裡散落著好幾具已經化為白骨的士兵屍體。

到了晚上大概就會動起來吧。

乘著白天將其回收至儲倉內，火葬之後掩埋好了。

不經意一看，露露似乎顯得很不安。亞里沙和蜜雅也有點緊張的樣子。

「不用那麼緊張，白天沒有問題——」

在我出聲讓三人放心之際，卻被一聲「碰」的關門巨響打斷了。

窗戶同時染上黑色斑點，外頭射入的陽光逐漸消失。

尖叫的蜜雅和露露從正面緊緊抱住了我。

憑藉夜視技能的輔助，我見到前鋒成員在黑暗中依舊小心警戒著。

我從儲倉裡取出魔燈並注入魔力使其發亮。

「哈哈哈哈哈，居然敢踏入振興穆諾侯爵家的祕密據點。真是一群不知死活的盜墓賊。」

看不見聲音的來源。雷達上顯示的只有我們幾個。

地圖上的敵人是昨天的怨靈。其位置在堡壘的地下三樓。我們抵達這個堡壘時明明就不存在於地圖上，究竟是從哪裡冒出來的？

對方大概是透過傳聲筒或某種超自然手段將聲音傳至這個房間吧。

「就死在我忠誠的士兵們之手，成為振興侯爵家的奠基石吧。」

呼應怨靈的召喚，躺在地板上的骸骨士兵果然站了起來。

這個房間僅存在三具，但其他房間的骸骨士兵也在接近中。

「對手很強，妳們兩人一組分別對付一具。剩下的一具由我來解決。」

「遵命！」

「系！」

「是的，喲！」

「接受命令。切換至戰鬥人偶模式。」

遵循我的指示，前鋒四人展開行動。

不過，娜娜的戰鬥人偶模式我還是第一次聽到呢？

想必是如今在我身旁竊笑的亞里沙對娜娜灌輸了什麼奇怪的知識吧。畢竟娜娜的狀態也沒有什麼實質的變化。

我拿儲倉裡的石頭丟向自己負責的那一具敵人後完成既定的勞動量，接下來就是關注前鋒成員們的戰鬥了。

骸骨士兵的動作生硬，但揮劍之類的直線動作卻相當迅速。

稍有疏忽很可能就會被一擊大卸八塊殺死。

波奇用小盾牌化解重劍的一擊，小玉則以短劍鎖定骸骨士兵的腿部關節。

小玉的攻擊很輕，所以命中後也無法一擊破壞。不過在反覆的攻擊之下，第四擊終於打碎了關節。

面對失去平衡倒下的骸骨士兵，兩人用亂劍給予致命攻擊。

至於一旁的娜娜正以圓盾擋下揮動大斧的骸骨士兵。她同時使用身體強化的理術，似乎勉強才能夠跟得上敵人的動作。

這時莉薩的長槍刷刷地刺出，將骨頭逐一擊碎。她並非用槍尖，而是使用了槍柄的金屬環。

奮戰到最後，眾人終於打倒房間裡的骸骨士兵。

擔任盾牌的兩人體力計量表些許減少，但並沒有明顯的外傷。

由於其他房間的骸骨士兵正往這裡過來，所以稍後再治療好了。

獸娘們在這次的戰鬥中統統昇級，變成了十四級。至於獸娘她們所獲得的新技能，莉薩是「重擊」、波奇是「突刺」、小玉是「索敵」。

話雖如此，要能夠自由地使用這些技能，大概得等到充分休息並讓身體適應技能之後了吧。

話說打起來比我想像中還要難分難解，或許先把戰場改造得能輕鬆戰鬥比較好。

這麼思考後，我決定設置路障。

我利用掛著布塊的棍子和「防禦壁」魔法製作防禦格子。這是一種在入口的位置製作圓頂，然後在圓頂上留下好幾處攻擊用洞口的設施。

這樣一來在戰鬥時就能確保後衛成員的安全了。

接下來改善一下照明吧。

從後方用魔燈照明的話，自己身體的影子會干擾戰鬥的進行。

「蜜雅，麻煩妳負責照明了。」

「嗯。」

蜜雅詠唱新咒語。

「……■■　螢泡。」

無數散發淡淡光芒的泡泡般球體產生。由於沿用了光魔法的咒語程式碼，魔力成本較高是美中不足之處。

確認大家都在淡色光芒的照耀之下後，我發現露露帶著鑽牛角尖般的黯淡表情。是因為看到人骨發動攻擊而感到害怕嗎？

「主……主人，有……有什麼是我能做的嗎？」

露露在胸前緊握著手，顫聲這麼傾訴。

說到這個，在擊敗真正的盜賊時，她似乎也想說什麼的樣子。

個性內向的露露主動開口表示想要幫忙雖然讓我非常高興，但我可不能讓未經任何訓練的露露上前線戰鬥。

就在我思索如何說服對方之際，露露再次開口懇求：

「我也想和大家一樣幫上忙。」

「不用擔心，露露妳平常已經幫很多忙了。」

這是事實。可以保證她絕不是個無用之人。

就在我想說服對方術業有專攻時，亞里沙忽然拉扯袖子讓我回頭。

「主人。之前用過的魔法槍，不知道露露能不能使用呢？」

「啊啊，都忘記有那個了。」

我決定採用亞里沙的建議。只要有這個，在後方也能夠參與戰鬥。

我將魔燈放在地板上，從儲倉取出備用的魔法槍交給露露。為了怕誤射，同時將威力調整至最小。

「把這個對準魔物，然後這種叫『扳機』的突起部分按下之後，這個圓筒的前方就會射出魔法彈了。」

「是……是的！」

我讓緊張的露露舉起魔法槍，隨便找個柱子進行試射。

剛開始的第一發完全偏掉了。

「露露，妳不需要那麼用力哦。放鬆一點。」

我從露露後方像抱住她一樣將手貼在槍上，藉此指導扣扳機的力道強弱。

「像這樣子輕輕扣住。」

「是……是是是……是的。」

奇怪？露露居然變得更加臉紅，不知所措了。

對對，最近看她的反應正常所以讓我完全忘記，露露其實不善於跟男性相處呢。

「抱歉抱歉，靠得太近了。」

我的身體離開後，露露「啊！」地發出難過的聲音。

倘若我是個如外表那樣的青春期少年，剛才的聲音或許會讓我墜入情網吧。

不過，內在年齡三十幾歲的我，對中學生一般的露露更多的感覺是保護欲。

露露頂著格外嫵媚的濕潤眼眸向上望來，但我卻是故意維持嚴肅的氣氛繼續讓她試射。

露露比我想像中更快適應魔法槍，幾次之後似乎抓到了訣竅。

話雖如此，僅僅擊出兩發就將露露的魔力消耗殆盡，所以中途不知仰賴了多少次魔力回復藥的幫助。

亞里沙和蜜雅也想使用魔法槍，我於是在露露休息的期間讓她們練習。

經過整頓後的陣地，戰鬥起來相當輕鬆。

露露、亞里沙和蜜雅三人輪流以魔法槍射擊骸骨士兵，之後再投石或長槍給予致命一擊。持有長柄武器的骸骨士兵則是由我負責接近強行奪下武器。

戰鬥就像電玩遊戲一樣毫無緊張感，不過在迎戰第三波敵人時，莉薩的長槍忽然散發出紅光。

由於剛好是她使出重擊的瞬間，所以大概是技能發動時的特效吧？

莉薩的魔力計量表稍有減少，所以好像和魔力有所關連。

距離下一波敵人還有一些時間，我便破壞掉「防禦壁」重新架設。好，在敵人過來之前再觀看一次莉薩的招式吧。

「莉薩，可以再讓我看看妳剛才最後刺出的一擊嗎？」

「剛才嗎？」

莉薩不解地刺出一擊，但並未散發剛才那樣的紅光。

我透過萬納背包從儲倉裡取出鋼鐵製的長槍。這是「搖籃」事件時所獲得的槍，和娜娜使用的細劍是同樣設計的武器。

我模仿一次莉薩剛才長槍的動作。

當然沒有發出紅光，聲音也不像莉薩那麼有震撼力。

或許是因為我在踏地時小心翼翼不將地板刨起，不過就連「颼」或「咻」的聲音也沒有實在是太空虛了。

「好精彩的突刺。」

儘管莉薩這麼誇獎，但稱讚這種毫無震撼力的突刺讓我有點難為情。

「主人，失禮了。」

見到我反覆嘗試仍不得要領，莉薩或許是看不下去，從後方以擁抱般的姿勢抓住槍身進行說明。

「突刺的時候要像這樣，刺入的瞬間扭動手腕讓槍身轉動半圈。握槍的手則是稍稍放鬆力道，等刺出的瞬間再握緊。我慢慢示範一次，請感覺一下我的手指和手腕的動作。」

莉薩將自己的手貼在我的手上實際示範如何掌握時機。

原來如此，這個光用說的實在很難理解。

我讓莉薩離開，自己演練一次。

嗯，感覺不錯。

「真不愧是主人，僅僅嘗試一次就掌握了槍法極致。」

「都是莉薩妳教得好哦。」

教得好固然是事實，但我能一次學會想必是槍的技能提昇至最大等級的緣故。

我不斷嘗試以記住感覺。

雖然突刺的重現度比剛才的莉薩更高，但我的槍身仍未發出紅光。

果然還是需要技能的輔助吧。

伴隨喀啦的聲響，房間對面走來兩具骸骨士兵，於是我先讓大家攻擊一輪以獲得經驗值後再由我發出最後一擊。

我連續三槍刺中其中一具的頭蓋骨、胸骨和脊骨。

>獲得技能「突刺」。

>獲得技能「重擊」。

>獲得技能「貫穿」。

>獲得技能「連續攻擊」。

一口氣獲得了許多技能。

這次我分配技能點數後將其開啟，然後打倒另一具敵人。

很遺憾，槍依然沒有發光。

難道是莉薩尚未獲得技能的某種新招式嗎？

莉薩的魔力計量表有所減少，而將魔力注入魔法道具時也會發出紅光，所以應該和魔力有關沒錯。

「主人，新的敵人來了。」

「不用管我，按照剛才的流程將它們打倒吧。」

「了解。」

我讓莉薩負責指揮戰鬥，自己則是在鋼鐵製槍身中注入魔力。

很奇怪的觸感。用言語形容，就像把水注入用黏土東補西補的水管一樣。

魔力很難流動，就算可以流動也像籮筐一樣慢慢流光。

說到這個，魔法道具的書籍上好像說過鐵器容易導致魔力擴散。

我再強行注入魔力後，槍身只發出瞬間的紅光，但下一刻鋼鐵製的槍尖就伴隨劈啪的清脆聲響裂開了。

除了小玉外，其他人似乎都因為和骸骨士兵的戰鬥聲響而未察覺到。我裝作若無其事的樣子換成另一把儲倉內的同型長槍。

然後向小玉打出「不要多言」的手勢。

小玉則是回以一個代表「了解」的手語。

接下來，我決定戰鬥結束後借用莉薩的長槍再進行一次剛才的實驗。

「莉薩，槍可以借我一下嗎？」

「了解。」

接過莉薩雙手恭敬遞來的長槍，我輕輕注入魔力。

萬一注入太多導致槍身損壞就不好，所以我小心翼翼進行著。

這遠比剛才的鋼鐵製長槍更容易注入魔力，槍的接合部分開始散發淡淡紅光。

再繼續注入一些後，忽然有種輕微堵塞的觸感。和我一開始對娜娜填充魔力的時候是一樣的感覺。

回想起當時的情景，我巧妙地調整魔力流動的強弱以清掃魔力路徑，使其變得跟娜娜的身體一樣暢通。

＞獲得技能「魔法道具調校」。

＞獲得稱號「調校師」。

或許是這番整頓所帶來的影響，我僅僅注入一點的魔力，槍尖附近和接縫的周邊就會散發淡淡的光。

在這種狀態下揮槍，其挾帶的紅色軌跡十分漂亮。

>獲得技能「演舞」。

>獲得稱號「舞蹈家」。

由於會被敵人看出槍的攻擊距離和軌跡所以不適合實戰使用，但以演舞來說應該相當華麗。

「莫……莫非是魔刃？」

「這就是魔刃嗎？真不愧是主人，我完全不知道您會施展唯有武術達人經過漫長修行之後才能學得的奧義。」

面對亞里沙的喃喃自語，莉薩用詞誇張地這麼稱讚道。

「這是很有名的招式嗎？」

「這個嘛，各領地大約有兩三人會使用。像希嘉王國這樣的大國，到王都的話應該有數十人會使用吧？」

什麼啊，聽莉薩說得那麼誇大，還以為是某種厲害的招式，原來並非多麼稀有的技能。

——不，不對。既然是以領地為單位，那就比「寶物庫」或「鑑定」技能還要稀少了。

「既然這樣，最好還是別在人前使用了。」

「說得也是。雇用會施展魔刃的騎士似乎是一種貴族社會的地位象徵，所以一旦得知有平民會使用，就會引來各方的爭奪哦。」

原來如此，確定在人前封印了。

我將長槍還給莉薩並出言道謝，然後再次用鋼鐵製長槍嘗試發出魔刃，但或許是沒有技能的緣故始終無法成功。

看來利用魔物部位製作的武器比較適合施展魔刃。

換成儲倉內的聖劍或神劍應該或更合適，但還是避免在這裡做實驗吧。

第二十具骸骨士兵的攻勢結束後，這次換成我們開始進攻了。

不過，這時發生了讓我猶豫是否要暫時撤退的事件。

——那就是露露的身體不適。

「露露，妳不要緊吧？」

「不用擔心哦。」

亞里沙這麼憂心地詢問坐在地上的露露。

「露露的狀況大概是所謂的『昇級不適應症』。」

「這個嗎？……看來並不是都市傳說呢。」

我對訝異的亞里沙點點頭。

露露在與骸骨士兵的戰鬥中從等級二上昇為等級六，獲得「詠唱」、「射擊」、「駕車」、「調理」這四種技能。其他孩子則是完全沒有昇級。

露露的詠唱技能似乎是以前和亞里沙一起練習魔法時的影響。真是令人羨慕。

稍微討論一下的結果，變成我背著露露前進。畢竟留她一個人下來太危險，還是待在我身邊比較安全。

而我由此了解了一件事。

明明才認識沒有多久的時間，露露的胸圍卻持續成長。當初是無限接近B的A罩杯，不過如今卻成長至可以稱得上B罩杯的尺寸了。

不愧是成長期。真希望她能繼續這樣健康成長。

我在心中這麼聲援露露，眾人同時順利抵達地下三樓的怨靈房間前。

在抵達這裡之前，一共打倒了六具妨礙我們前往地下的骸骨士兵。除了比地上的骸骨士兵稍微強一點以外沒有其他特殊之處。

接下來的怨靈會使用「麻痺」攻擊，所以我決定先製作麻痺解除藥以防萬一。

由於製作法出奇簡單，我便將姓名欄清空快速製作完成。

好，這下準備就緒了。

「終於要對上敵方頭目了呢！」

「頭目會使用冰魔法，所以我先進去解決掉那傢伙。大家慢一點再進來吧。另外還有四具比較強的骸骨士兵，這些就交給妳們了。」

「了解。」

「等等，莉薩小姐？不行啊，怎麼可以讓主人獨自進去特攻呢？」

「區區怨靈對主人來說不成問題——向亞里沙這麼告知了。」

唯獨亞里沙反對我的作戰計畫。

「不要緊的。等對手的實力超越上級魔族之後再來擔心吧。」

「上級……」

我開玩笑地這麼告知，然後讓大家後退至遠離房門的位置。

「主人，請您用這把槍迎敵。」

說著，莉薩將長槍遞給我。

「主人您手中的槍似乎無法靈活施展出魔刃。原本我應該一併同行才對，但我知道自己的實力不足。既然如此，請至少帶著這把槍——」

「知道了，我就借用一下。」

接過莉薩的槍，我又將手中的鋼鐵製長槍換給莉薩。

進去之後我原本打算用聖劍獲得魔刃技能，不過既然是莉薩的一片好意，我就感激地借用了。

「哈哈哈哈哈，竟然自己送上門來領死，真是一群愚蠢的盜墓賊。偉大的穆諾候爵家——」

一進入房間，怨靈又開始在講述開場白。我對此並不感興趣，所以聽過就算了。

房間就像謁見廳那樣狹長，王座所在處有一具包著破爛貴族服裝的白骨屍體。

怨靈呈半透明狀頂著一張慘白的臉，維持和生前相同的面貌重疊在白骨上。

而怨靈的身旁有四具裝備金屬甲冑看似騎士的骸骨士兵守護著。

我無視於怨靈的演說快步走上前，一邊在莉薩的槍中注入魔力。為避免不慎把槍弄壞，我小心控制著魔力的分量。

「——然後，在此地讓候爵家登上頂點——」

接近至五公尺外的距離時，怨靈仍在繼續演說。

對方大概是被化為怨靈之際的那股偏執所控制了。

等獲得魔刃技能後再用聖劍將其淨化吧。倘若用的是神劍，大概就不是淨化而是消滅了。

我猛然踩出步伐，挾帶著紅色殘光瞬間拉近距離。

然後就這樣順勢發動重擊技能和突刺技能，鎖定演說中的怨靈肩膀朝著虛空刺出全力一擊。

散發紅光的槍尖觸及怨靈的瞬間，僅僅留下彷彿水面滴落一滴黑色顏料般的漣漪，怨靈便消失了。

＞獲得技能「魔刃」。

──奇怪？是我太強了嗎？

或許是這一刻鬆懈的緣故，抑或是加疊了不必要的技能，莉薩的長槍開始出現不規則的振動。

──糟糕！

莉薩的槍似乎快要瀕臨極限，黑色的槍身表面開始冒出破裂前兆的紅色線條。

我急忙從槍中吸取魔力。

同時也留意著不要一口氣吸取太多。

要是像滾燙的杯子急速冷卻後導致破裂就傷腦筋了。

槍中還帶有魔力，但已經不再發出奇怪的振動。試著揮動幾次，長槍的平衡性也沒有改變，而槍身表面的紅色線條也不像傷痕或裂痕的樣子。

這種紅色線條感覺很類似製作魔法道具時魔液凝固後的型態。

畢竟是使用魔物素材製作的長槍，那或許是和魔核相同的成分外露了，或結晶化之後的產物吧。

試著鑑定後，長槍的性能明顯提昇了。

原本的性能我記得不是很清楚，但本來差不多和鋼鐵製長槍有相同程度的性能，如今卻成長為將近七倍之多。

儘管還比不上我手裡的聖劍，不過也算是很不尋常的性能提昇。

而名稱更是從「灶馬蟋蟀的黑槍」變成「魔槍多瑪」（註：「灶馬蟋蟀」原文為カマドウマ，「多瑪」原文為ドウマ）。真令人好奇究竟是以什麼為命名的基準。

變化前後或許是當作不同的兩種物品看待，製作者的欄位變成了空白。

看來是剛才製作麻痺解除藥時清空的姓名欄忘記恢復了。

>獲得稱號「魔槍的鍛冶師」。

>獲得技能「魔力附加」。

>獲得技能「武器強化」。

莉薩走在前頭，其餘孩子們紛紛從房間入口進來。

「哎呀呀？已經結束了？」

「嗯嗯，似乎是這樣。」

聽到亞里沙的這句話，我才發現穿著甲冑的骸骨已經倒在地上七零八落。

看來主人消滅之後，部下也會跟著消失。

「莉薩，不好意思，槍的模樣改變了。」

「——這並非裂痕，而是花紋嗎？」

莉薩儘管吃驚，仍接過「魔槍多瑪」撫摸其表面。

她緩緩揮動長槍以確認各種性能。

「是錯覺嗎？有種不可思議的感覺，神經似乎比以往更能分布於槍尖。」

莉薩冒出這樣的感想，挾帶氣勢使出重擊動作後，紅色線條隨之散發光芒。

「莫非您是為了讓我學會魔刃而改造了這把槍嗎？」

雖然想回答這是誤會，不過看到莉薩這麼開心的樣子也就很難說出實情。

至於向莉薩道歉並承認差點弄壞她的槍，已經是隔天早上的事情了。

「等一下～這裡有一道密門哦！」

亞里沙掀起王座後方的掛毯對我這麼招手。

根據鑑定，這個掛毯上的紋章似乎是穆諾侯爵家的東西。

由於我的發現陷阱技能有反應，所以我讓亞里沙退下並解除了陷阱。

我首先進入隱藏的房間裡。房間角落不知為何有兩隻史萊姆，我輕鬆將其解決並把屍體回收至儲倉。

確認沒有其他危險後，我將眾人叫進隱藏房間裡。

「好厲害~？」

「閃閃發亮喲！」

「真令人吃驚呢。」

「嗚哈！這是什麼！」

見到房間裡的金銀財寶，大家都發出驚呼聲。

房間裡展示有大約一萬枚希嘉王國金幣的小山、貴金屬製的雕像及珠寶飾品。

房間的牆邊則是堆著裝有武器防具的箱子。其中也存在祕銀合金製的武器，但卻擺放在精美的裝飾台座上。用油紙包裹的東西應該是繪畫之類吧。

這個房間裡沒有一絲塵埃，也毫無鏽蝕的用品。

剛才的史萊姆恐怕是為了打掃和除鏽而飼養的吧。早知道就活捉而不殺死了。

我告訴大家可以隨意觀看喜歡的物品後，每個人便開始在房間裡探索。

小玉和波奇在金幣山的周圍繞著圈子跑，莉薩在獲得我的許可後開始檢視武器，蜜雅一臉凝重地確認銀製樂器之類，而亞里沙則是兩手掬起金幣笑瞇瞇道：「這下子可以洗金幣澡了。」

——大家看起來都非常開心。

我在木箱的角落發現藏有用油紙包裹起來，和萬納背包同種類的魔法背包。

裡面裝有大量書籍和文件。幾乎都是領地內的稅收和礦山候補地的情報，但也有中級和上級魔法書。遺憾的是沒有任何卷軸。

這個魔法背包和我的萬納背包相同大小，但收納能力遠遠少了許多。即使如此，可以容納三百公升的體積已經很了不起了。

我將劣化版萬納背包回收至儲倉之際，背著露露的娜娜也出現在入口處。

「好壯觀。」

「是寶庫嗎——」這麼詢問道。」

「好像是這樣。」

這些東西好像是穆諾侯爵一族為了重振家族所隱藏的財寶。

根據之前聽到的消息，穆諾侯爵一族已經沒有留下任何遺族，所以我們自由取用應該無妨吧。

就當作是消滅怨靈的報酬好了。

我告訴大家有什麼想要的東西就儘管說，然後一起加入確認物品的行列。

>獲得稱號「盜墓賊」。

>獲得稱號「尋寶人」。

雖然得到很失禮的稱號，不過我並未放在心上繼續參加戰利品的物色。

「主人。」

莉薩從內部連接的房間向我招手。

我前往那裡，發現有個輕型卡車大小的蛋狀物擺在原地。

ＡＲ顯示中出現「魔砲『高貴血脈』」的字樣。這是老人軍團敘述往事時所提及的大量破壞兵器的名字。

山中的那具屍體倘若能夠活著抵達這座堡壘，大概還會實施新一波的大屠殺吧。

「這是什麼呢？」

「應該是某種魔法道具。先別管這個，去確認一下剛才的武器中有沒有可以使用的東西。」

「了解。」

確認莉薩前往對面的房間後，我將「魔砲」回收至儲倉，然後新建立一個「魔砲相關」資料夾並將物品和資料集中在這一處。

這種聳動的東西我決定封存起來。只要放在我的儲倉裡，想必就沒有人能夠拿來作惡了。

◆

討伐怨靈後的第三天，來到穆諾男爵領的第十天早晨。

我們依舊逗留在堡壘遺跡裡。

「能不能讓那些老年人和小孩住在這裡呢？」

亞里沙的這麼一句發言，讓我找來了老人軍團和孩子們開始整頓堡壘遺跡。

起初雖然不太情願，但開始動手後就像小時候製作祕密基地一樣，不知不覺找回了童心並樂在其中。

我們修理損壞的水井並讓其中一處兵舍可以住人，然後將布匹和毛皮提供給老婆婆他們以改善無法禦寒的服裝。

接著在堡壘中庭開闢農田以種植開春之後的糧食。我們將容易生長的加波瓜交給老人團長當成作物。這些是之前從盜賊那裡沒收而來的。

接著請教孩子們可食用的食材，乘著和獸娘們一起獵野豬的時候順便收集。

不光是看似山菜的蔬菜，也採收了大量冬瓜一般的瓠瓜。雖然不適合生吃，不過當作炒蔬菜或燉湯的配料似乎相當稱職。蜜雅對此相當開心。

至於當前的糧食問題，大家則是合力量產了燻肉和肉乾。魔物肉是從儲倉取出，但我對他們謊稱是山裡獵到的。

另外為了安全起見，我用普通的配方製作出聖碑並安放在堡壘中央一帶。老人軍團的團長等級很高，至少應該會補充魔力才對。

利用廢棄材料製作外框讓聖碑看來就像堡壘遺跡的一部分後，我獲得了「偽裝」和「湮滅證據」這些見不得光的技能。

就這樣逗留了三天確認不死魔物不再復活後，我們決定啟程離開堡壘遺跡。

離開前我們跟老人和小孩們一起祭奠堡壘遺跡和山裡發現的人骨。與其說是悼念死者，比較像是希望他們不要再跑出來。

而在告別堡壘遺跡的前一刻，孩子們叫住了我。

「那個，商人哥哥，這是我們的一點謝意。」

說著，少女托托娜的妹妹給我一個小袋子。

裡面是看似在河灘上撿拾的漂亮小石子。大概是這些孩子的寶物吧。裡面甚至還夾雜著真正的寶石原石。

我僅在其中挑出一塊，剩下的還給對方。

「我只拿這個就好。剩下的妳自己好好珍藏吧。」

「嗯！」

少女很難為情地躲在托托娜的身後。

接受了老人軍團和孩子們的道謝和辭別，我們便動身下山。

雖然逗留得久了些，但此行並非在趕路所以沒有問題。

馬車通過老人軍團之前露營的河岸，然後過了堅固的石橋。而在河川對面的街道岔路口時，我將路線變更為沿著乾涸的河川前進。

坐在馬車內的溫暖地板上，我手中把玩著剛才收下的石子。

「明明還有其他更像寶石的漂亮石頭，為什麼要挑這麼不起眼的呢？」

「對我來說可是寶貝哦。」

面對傾頭不解地望著石子的亞里沙，我的回答有些裝腔作勢。

這個不透明的紅色石子名叫「蛇血石」，是用於鍊金術的素材。

和聖留市大量購買的龍白石一樣，都是製作「萬能解毒藥」的素材之一。儘管還缺少其他素材而無法製作，不過帶著並沒有損失。

這似乎是托托娜的妹妹在這個街道沿途的乾涸河川裡撿到的。

我打開地圖縮小範圍搜尋「蛇血石」後，得知乾涸的河灘上有大量這種石頭。

於是我們繞道順便奮力採集「蛇血石」，最後演變成直接在河灘上露營。

另外，在河灘上享用的烤豬肉也別有一番滋味。

巨人之森

「我是佐藤。活了二十九年，自己從來沒想過要成為拯救人類的一方。儘管以往的生活方式與勇者或救世主的願望無緣，但在異世界裡似乎行不通。」

自堡壘出發後的第四天，來到穆諾男爵領的第十四天。

這四天裡發生了很多事。

首先是被無以謀生的村民襲擊三次。這方面按照平常的方式應付，所以並沒有什麼值得一提。

真正的盜賊則是前來襲擊一次。這支盜賊團或許襲擊過騎士，團長身分的兩人裝備了格外氣派的全身鎧甲和武具並騎乘軍馬。

行走在大森林的小徑裡需要騎馬，所以消滅盜賊的同時還可補充馬匹真是幸運。

另外，下游處乾涸的街道沿途河川，在上游則是保持著豐沛的水量。

我們在河邊紮營的時候遭到了「飛食魚」和「半馬半魚」這些魔物的攻擊。

危險的不光是魔物，在河邊取水的波奇也發生過被食人魚一般的魚類咬住尾巴的意外事件。

魚類沒有毒性也不屬於魔物，所以我就疏於提防了。

雖然立刻用魔法藥治療妥當，但之後的好一段時間波奇都不敢接近水邊。

針對穆諾市的魔族調查仍在持續中。魔族的分體數量不斷在一到八具之間變化，同時在領內的都市或城鎮裡徘徊。

魔族本體偶爾也會到處亂晃，試圖移動至城堡地下的地圖空白地帶，但最後仍是消耗過多精力和魔力而被迫回到地圖內。

那個空白地帶大概是都市核之室，對方想要掌控都市核卻失敗了。

經過觀察後我發現麻煩的一點，魔族的分體和本體能夠瞬間進行互換。所幸好像會消耗大量的魔力所以無法頻繁使用。以後打倒本體的時候，可別忘了先從分體開始解決。

至於其他值得一提的事情，就是之前發現的亞種哥布林了。

最初調查時僅有數個聚落，但如今小聚落的數量卻增加為兩天前總數的十倍以上。

話雖如此幾乎都是等級一的小嘍囉，不斷被周圍的魔物和野獸撲殺，目前數量已減少至最高時的一半。照這樣下去，最終數量應該不至於對領軍造成威脅。

而現在，我們正在通往大森林的小徑與街道之間匯合地點附近的河灘地午休。

莉薩和娜娜布置調理場，蜜雅和亞里沙擺放墊子和暖桌，至於露露則是用我取來的水正在清洗蔬菜。

小玉、波奇和我一起在照料數量增加的馬匹。

由於天氣愈來愈冷，今天的午餐我打算煮火鍋。配料是路上襲擊我們的雙頭鳥、滿滿的香菇還有白菜。

今天途經的村莊種植有白菜，於是我便用手裡的糧食交換取得。

比起我在日本吃過的白菜要小，葉子也有點黃，但ＡＲ顯示中名為「白菜」所以應該不會有錯。

放完血的兩隻雙頭鳥，我交給照料完馬匹的小玉和波奇兩人負責拔毛。

她們將鳥放進大袋子裡以防羽毛亂飛，然後一臉認真地拔毛。這隻雙頭鳥比波奇和小玉的身材還大，所以拔毛是一項很費力的作業。

蜜雅擺放完暖桌後過去幫忙處理蔬菜，亞里沙則是在對暖爐供給魔力的同時一邊和我討論火鍋的調味。

「就算可以用味噌調味，煮火鍋的最大問題還是高湯。」

「畢竟沒有昆布和柴魚片啊。」

味噌和醬油倒是還有在聖留市的高級食材店購買的庫存，所以沒有問題。

應該說，真後悔那個時候沒有買米。平時不要緊，但吃火鍋就很想配飯。

嗯，到了歐尤果克公爵領那裡應該會有米，屆時可別忘記買整袋回來。

望著我們兩人的互動，莉薩納悶地開口：

「主人，能不能用這個雙頭鳥的骨頭熬高湯呢？」

——啊，對了。莉薩製作的燉湯好像都是用骨頭熬煮的。

因為是火鍋，我就先入為主認為必須用日式高湯才行了。

「說得也是，這次就這麼辦吧。」

我頂著一副瞭然於胸的表情向莉薩點點頭。

亞里沙看似還想說些什麼，但我華麗地忽視了。

「完成～？」

「主人，拔完了喲！」

小玉和波奇很開心地向我出示光禿禿的鳥。

「嗯，拔得很乾淨呢。真了不起！」

「系～」

「是喲。」

波奇搖著彷彿快要甩斷的尾巴，在我撫摸之下的腦袋顯得很癢的模樣。

小玉則是猛然豎起尾巴，主動用腦袋向上頂著我撫摸的手不斷磨蹭。

就在享受這樣的肢體接觸期間，莉薩已經剖開整隻鳥分出肉、骨頭和內臟。

這隻鳥的內臟可作為精力回復系的魔法藥材料，所以就保管起來不予食用。

我將裝了水的鍋子放在火上，丟入莉薩切下的鳥骨進行熬煮。中途散發的臭味令我在意，於是先投入用來消臭的香草。

將骨頭剝離出的肉片和雜質逐一撈起的工作，我交給擅長反覆作業的娜娜負責。儘管面無表情的她臉上看不出想法，但似乎挺開心的樣子。

由於放在儲倉內可以長期保存，所以我決定一口氣量產兩大鍋的高湯。

「丸子！我還想要丸子！」

亞里沙舉起手喊著：「我要！我要！」主張道。

丸子嗎？的確是火鍋的必備品。

「這主意不錯呢。話說妳知道丸子要怎麼做嗎？」

「咦？不是把鳥絞肉跟什麼東西混合揉成圓形嗎？」

……問題是那個「什麼東西」吧。

提出需求固然很好，但可以的話希望也能想起來要怎麼製作。

根據我踏上旅途後的經驗，可以用來增加黏性的東西大概是小麥粉或雞蛋吧。

在認真切著香菇的蜜雅身旁，我將鳥絞肉加入小麥粉和堡壘遺跡裡獲得的橙雞蛋混合在一起搓揉。

有調理技能的輔助，我做出了相當不錯的丸子用肉漿。真是太感謝技能了。

丸子的量產工作就交給亞里沙。畢竟提議者是她，這點小事應該要由她來負責。雖然用湯匙舀起肉漿直接投入熱水也行，不過我們家的做法是先做成丸子狀。

露露和莉薩將用來煮火鍋的鳥肉和今晚之後要吃的鳥肉區分開來。畢竟這麼多的量一次也吃不完。

儘管沒有土鍋就少了些情趣，我們還是在平常做燉湯用的鍋子裡倒進高湯，然後從比較難熟的配料開始依序烹煮。

最後投入類似鴨肉的雙頭鳥肉後蓋上鍋蓋。

就在等待煮熟之際，雷達上冒出了代表普通人的光點。

確認地圖後，對方是個十九歲等級二的女性，沒有技能。其狀態為「空腹」。是「飢餓」的前一個狀態。

大概是前來採山菜結果迷路吧——不，看到她的名字後我發現自己猜測錯誤。

她的名字是卡麗娜．穆諾。這個穆諾男爵領的領主女兒。

她沒有帶上護衛，來到這種野獸和魔物橫行的森林裡究竟要做什麼？

難不成是不願意和冒牌勇者結婚而逃了出來。

有種會捲入麻煩的預感，所以我很想當作沒看見。但拋棄一名在森林裡迷路的少女又讓我感到有點愧疚。

那麼，該如何是好呢……

「咕噗咕噗～？」

「味道很香喲。」

不知我內心的掙扎，坐在鍋前的小玉和波奇聞到配料加熱的香味後都瞇細雙眼。

距離煮熟似乎還有一段時間。

我確認雷達光點，對方不知什麼時候停下，狀態中增加了「昏倒」。

似乎並沒有受傷，但卡麗娜小姐的魔力和精力都已經見底。明明不具備魔法系的技能，究竟把魔力用去哪裡了？

實在不忍心見死不救。沒辦法，過去救人一命吧。

「多一項事情要做了。我先過去一下。不好意思，小玉和波奇妳們也一起來。」

「知道了～？」

「收到喲。」

聽見我的命令，兩人擦擦口水後擺出敬禮的姿勢。據她們所言，這種姿勢似乎叫「咻比！」的樣子。

「主人，要討伐魔物的話請讓我隨行。」

「主人，請求出擊許可。」

莉薩和娜娜也將手伸向武器，但沒有那個必要。

「唔，我並不是去戰鬥。好像有人遇難，所以要前往救援。」

這麼告知後，我便帶著小玉和波奇進入森林。

和以往的森林不同，這裡的植被彷彿叢林一般蒼鬱。

路很難走，又因樹木密集而視野很差。

這裡或許是下風處，後方飄來的火鍋香味刺激著鼻腔。

可能因為這樣，兩人的肚子發出野獸低吼般傾訴著飢餓的「咕嚕嚕」合唱。

「肚子餓～？」

「蟲的人在肚子裡忍不住了喲。」

「回去時火鍋大概已經煮熟，妳們可以先期待一下哦？」

「系系～」

「現在開始期待喲！」

我們這麼聊著聊著，最終抵達了女性昏倒的場所。

「有東西～？」

「在發光喲！」

正如波奇所言，女性如今被散發淡淡白光的繭狀防禦壁保護著。或許是光的折射，看起來就像會發光的小型鱗片聚集在一起。

由於沒有符合的技能，大概是她手腕上發出藍光的物品所產生的防禦壁吧。

女性穿著一件看似上街時的薄外套，腳上是騎馬時所穿的高筒皮靴。雖然隱藏在外套底下看不見，不過其下方是貴族女性會穿的禮服。

深色的金髮從兜帽中些許露出，而從這些金髮的縫隙間可以窺見彷彿法國電影裡會出現的美貌。

雖然還比不上露露，但那姣好的容貌已經足以媲美亞里沙和蜜雅了。說明白一點就是個美女。

「妳們兩個不要摸，可能有危險哦。」

「收到～」

「好喲。」

我向拿起小樹枝戳著防禦壁的兩人這麼叮嚀。

既然有魔法保護就無法營救了。該怎麼辦才好呢？

我下意識觸摸防禦壁後，接觸的部分發出「叮」的清脆聲響後鱗片隨之剝落。

「原來是中看不中用？」

「好硬～？」

「硬梆梆喲。」

小玉和波奇否定了我的喃喃自語。大概是聽我說不能摸，她們於是用帶鞘的短劍在防禦壁上有節奏地敲打著。

我制止她們的動作，然後將防禦壁破壞至可以從中拉出女性的程度。

『你是何人？』

這時，美女的口中傳來帶有回音效果的粗獷男聲。

這一刻我嚇得以為對方是人妖，但美女性感的嘴唇卻未動過半分。

剛才的聲音是來自於她身體下方。

我將手伸進美女身體底下，讓她呈仰臥姿勢躺著。

——魔。

令人無法置信的物體映入我的眼簾。

『竟能輕易擊碎我的防禦，想必不是普通人吧。』

與剛才同樣的聲音傳入我耳中。

——魔。

即使親眼目睹，也無法相信它竟然存在於現實中。

『我再問一次，你是何人？』

沒錯，那是僅存在於二次元的東西。

——魔。

「魔乳」——那是一種超越爆乳的存在——彷彿不受重力影響呈火箭狀隆起匪夷所思的雙丘奪去了我的目光。

『回答我，少年！』

男性些許不耐的聲音敲擊我的耳朵。

——不好，我居然被僅在虛構故事中才能見到的離奇尺寸胸部迷住了。

她胸前嵌著藍色寶石的銀色吊墜正在閃動著。

剛才必定就是這條吊墜一直在跟我說話了。根據AR顯示，那是屬於魔法道具的一種。大概是電玩遊戲裡會出現的所謂「具有智慧的魔法道具」吧。

想著這些事情，我一邊向閃動藍光的吊墜交談：

「啊啊，失禮了。我第一次見到會說話的器物所以驚訝了一下。」

『那就好。我的名字是拉卡，你無須對我使用敬語。強者啊，我想請你保護我的主人。』

這個拉卡擁有「識破魔族」、「識破惡意」、「識破強者」、「超強化附加」、「痛苦抗性附加」這五種機能。以種類來說似乎被分類為傳說級的祕寶。

從它每次說話時都會發出藍光來看，應該用了製作聖劍時的青液所製造的吧。

「交給一個在森林裡遇見的人沒問題嗎？」

『我具有看破機能，從你身上感覺不到惡意。為了累積魔力我必須暫時進入睡眠。卡麗娜小姐就拜託你照顧了。』

「嗯嗯，包在我身上。」

我用力點頭後，吊墜閃動的藍光看似放心地消失了。

「好，我們回去吧。」

「系～」

「火鍋在等著喲！」

我向一臉好奇地戳戳卡麗娜小姐胸部的小玉和波奇這麼出聲，然後將手伸進卡麗娜小姐的背部與膝蓋後方將她抱起。也就是所謂的公主抱。

對方只比我高一些卻出奇沉重。或許是重量都集中在胸部，讓我有這種錯覺吧。

確認平衡感後將對方抱起之際，火箭狀的那裡擊中了我的胸膛。

我放慢腳步走回紮營地。當然，這是為了她昏迷的身體著想，沒有其他企圖。

「歡迎回來～」

「我們回來了。」

見到我們撥開草叢返回露營地，亞里沙上前來迎接。

在暖桌上擺放餐具的其他孩子們也停下手邊工作向我們跑來。

「那就是遇難者——又是女的～？」

「姆。」

或許是見到卡麗娜小姐的美貌和傲人的胸部，亞里沙和蜜雅兩人變得不愉快。

我忍住胸膛處的失落感，讓卡麗娜小姐躺在莉薩和娜娜鋪好的毛皮上。

「胸部好大呢。是假奶嗎？」

「是真的——這麼報告道。」

「喂，娜娜，就算同樣身為女性也太失禮了吧。」

面對毫無顧忌地搓揉卡麗娜小姐胸部的娜娜，我用拳頭「叩」地貼在其腦袋上讓她住手。

露露脫下對方的兜帽後拿掉卡在瀏海上的樹葉，接著幫忙擦拭臉上的髒汙。

「捲捲的～？」

「一圈一圈喲。」

這一次，小玉和波奇改戳著卡麗娜小姐從兜帽中流洩的金髮。

「不光是巨乳，這次居然還是法國捲金髮～？角色也太搶眼了。這樣一來如果又是個傲嬌女，我的正妻寶座就岌岌可危了。」

「姆，危險。」

蜜雅很認真地點頭同意亞里沙的胡言亂語。

……誰是正妻啊。

那種事情等過了十年後再說吧。

「這個人大概暫時不會醒來，我們先用餐好了。」

對於我的提議，大家肚子裡飢腸轆轆的聲音搶先做出了回答。

我催促難為情的眾人，向暖桌中央的簡易火爐型魔法道具注入魔力以讓它啟動，然後將鍋子放在上面。火鍋一共有兩鍋，只有一鍋的話怕大家會夾不到菜。

一掀開鍋蓋，鴨鍋般的香氣便擴散開來。

嗯～味道很香。

不過先聞到這邊為止，不然小玉和波奇的口水都要流出來了。

不知為何變成我要負責分配食物到每個人的小碗裡，所以我選擇了蔬菜、丸子和鳥肉等多樣化的搭配。至於蜜雅的碗只有放入蔬菜而已。

「想再吃就自己隨意從鍋裡取用。」

像平常一樣由亞里沙喊開動之後，大家便開始享用。

「燙燙～」

「丸子反擊了喲。」

小玉和波奇將食物大口塞進嘴裡，被其中溢出的滾燙湯汁燙得瞪圓雙眼。

「真美味。」

莉薩啃著帶骨的鳥肉心滿意足地點頭。

「每一種配料都很美味——這麼稱讚主人。」

「高湯滲入了這個叫白菜的蔬菜裡，味道很鮮美。主人的料理果然非常出色。」

娜娜和露露吃著各種配料，一邊用誇張的方式稱讚我。

不過厲害的是調理技能，可不是我本人。

「夕顏的果實（註：瓠瓜）。」

蜜雅咬了一口筷子上看似豆腐的瓠瓜，表情隨之變得柔和起來。

這是蜜雅近來最喜歡的食物。

和原來世界裡所吃的冬瓜完全是不同味道。

嗯，畢竟白菜也比我所知道的更有野味，看來最好把這裡的蔬菜當作和原來世界是不一樣的東西。今後我打算透過各種料理來逐步掌握食材的特徵。

「好吃。」

聽到蜜雅這番幸福的低語，原本挑食的其他孩子們也開始動手夾起瓠瓜。

「丸子一個人最多十顆哦！」

扮演火鍋奉行（註：奉行為日本平安時代至江戶時代間的官職或軍職）角色的亞里沙向獸娘們這麼宣布。

還想再從鍋中撈取丸子的小玉和波奇聞聲停手。那恐怕是第十一顆吧。

我將留下準備自己享用的兩顆丸子偷偷放在兩人的盤子裡。

「耶～」

「謝謝喲！」

「真是的，那麼寵她們。」

對於亞里沙這般母親發言微微一笑，我改將煮得恰到好處的香菇送入口中。

「好香的味道……」

卡麗娜小姐所在的方向傳來說夢話般的聲音。

我將小盤子放在暖桌上，走向她的身邊。

「妳醒了嗎？」

「——男……男人？」

迷迷糊糊的卡麗娜小姐整個人跳起，對我使出一記迴旋踢。

……普通人不是應該向後退或是賞對方一巴掌嗎？

迴旋踢根本用不著躲開。一個餓昏肚子的人突然做出這種動作，其下場再清楚不過了。

「頭……頭好暈～～」

我抱住貧血頭暈的卡麗娜小姐，將她抬往餐桌方向。

卡麗娜小姐的雙手在我懷裡掙扎著，但力氣似乎很小一下子就被我制伏。

「……放……放開我。」

彷彿換了另一個人，卡麗娜小姐失去剛才的氣勢，紅著臉在我懷裡顫抖。

這個人莫非有男性恐懼症嗎？

「請放心，是拉卡拜託我保護妳的。」

「——拉卡先生？」

聽到拉卡的名字，她隨即放棄掙扎。

話說回來，她都稱呼自己的裝備品為先生嗎？

「是的。我叫佐藤，是個旅行商人。」

「我……我叫卡麗娜。穆諾男爵的次女。卡麗娜・穆諾。」

不知是緊張或怕生的緣故，卡麗娜小姐斷斷續續地自我介紹著。

按照當前領地的情勢，像她這麼承認自己是男爵千金實在問題很大。難道其中有什麼意圖嗎？

「卡麗娜小姐是貴族嗎？」

我將卡麗娜小姐帶到暖桌處，讓她坐在娜娜和露露中間。在坐下的途中，卡麗娜小姐見到小玉和波奇後停下動作。

原本以為她討厭和獸人同在一桌，但樣子似乎怪怪的。

「是耳族……你是勇者大人嗎？」

卡麗娜小姐猛然回頭望向我，用孩童般情緒激動的聲音這麼詢問。

「剛才已經說過，我是個旅行商人哦。」

我這麼回答，一邊推測她如此驚訝的理由何在。

說到耳族，就是包括波奇的犬耳族和小玉的貓耳族在內的總分類。

對了，在聖留市萬事通屋的娜迪小姐曾經說過，初代勇者是以耳族作為隨從。

恐怕是根據這個邏輯，卡麗娜小姐才會懷疑我是不是勇者吧。

卡麗娜小姐的肚子已經飢腸轆轆，於是我將配料放在小盤子裡端給她。同時心想對方大概不會使用筷子，又遞給她叉子和湯匙。

「雖然不知道身分高貴的人是否吃得慣，總之先用餐吧。」

「味道好香。從來沒見過這樣的料理呢。」

在我的勸說下，她在小盤子裡將鳥肉切成一口大小然後送進嘴裡。

不愧是男爵千金，吃東西的樣子那麼高雅有禮。

接著她驚訝地瞪大雙眼，手掩著嘴巴開始拚命咀嚼。看來似乎很合她的胃口。

咕嚕一聲吞下食物後，她終於能開口說話：

「真……真是太美味了！」

「合妳的胃口就好。東西還有很多，請儘管享用吧。」

我這麼告知後，她微紅著臉點頭，然後開心地繼續用餐。

見到卡麗娜小姐用餐的模樣，亞里沙和露露也跟著改成高雅的用餐方式。雖然覺得為時已晚，不過就隨她們高興吧。

說到火鍋的結尾就是麵類或雜燴粥，但我手邊沒有麵條或白米，所以就用火鍋的湯汁製作麥粥和大家一起享用。

「好～幸福～」

「非常滿足喲。」

飽餐後的小玉和波奇仰躺在地，口中呼出幸福的氣息。

這時莉薩毫不留情地下達指示：

「好，開始收拾餐具吧。」

「收到～」

「好喲。」

兩人猛然彈起，和其他孩子們一起搬運餐具。

我決定乘這段期間向卡麗娜小姐詢問遇難的經過。

同時將露露泡好的茶端給卡麗娜小姐。

「請喝茶。」

「哎呀，這是青紅茶吧！」

卡麗娜小姐開心地接過茶杯。

或許是剛才一起用餐的效果，她已經適應到可以正常交談的程度了。

「我已經兩年沒喝過青紅茶了呢。」

兩年？

明明沒有完全中斷進口，為何喝不到呢？

「真好喝……包括剛才非常美味的餐點也是，你一定很富裕吧。」

「是這樣嗎？」

儘管富裕是事實，但食材幾乎都是取自於當地，所以成本上就和城鎮裡的平民飲食差不多。

「是的，比城堡裡的飲食要豪華多了。」

「我並沒有使用什麼珍貴的食材哦？」

印象中，在聖留伯爵的城堡裡享用的來賓用餐點更為豪華。

「我的領土正處於飢荒，要是領主繼續奢侈生活，實在無顏面對領民。所以，城堡裡的餐點頂多是豆子湯和地瓜料理而已。」

吃得那麼簡單，胸部居然還能發育到這種地步。不過她看起來不像在說謊。

上有清貧的領主，官僚和士兵們卻極度腐敗，這種事情果然想成是有魔族在暗中作怪比較恰當吧。

「對了，妳為什麼會昏倒在森林裡呢？」

面對我的問題，卡麗娜小姐有些難為情地開口：

「我此行是為了向居住在森林深處的巨人尋求幫助，沒想到居然迷路了。原本以為只要在樹上跳來跳去就可以了……」

想必就是拉卡的機能中那個「超強化附加」吧。

沒有地圖也不熟悉地理就突然跑出來，真是個做事輕率的人。

「妳為何要找到巨人？」

「為了請他們幫忙打倒魔族。」

卡麗娜小姐語氣堅決地回答了我的問題。

「父親和姊姊都被魔族假扮的執政官和勇者欺騙了。所以我便和拉卡先生一同前往森林，希望見到能夠打倒魔族的巨人。」

喂喂，對一個陌生人透露那麼多不好吧。

與其說她不會說謊，完全就是個溫室裡的千金小姐。

『卡麗娜小姐，您說得太多了。』

拉卡向卡麗娜這麼勸告道。

「你醒了嗎？拉卡先生。」

卡麗娜小姐的吊墜閃動著藍光。

『抱歉，剛才的內容希望你能保密。』

「嗯嗯，我本來就無意說出去。」

我答應了拉卡的請求。

『強者啊，感激不盡。』

和前往營救時一樣，拉卡依然稱呼我為「強者」。大概是透過「識破強者」知道我的實力很強，不過究竟準確到什麼程度呢？

「強者？」

『嗯，你很強。雖然不知道等級多少，但看得出就連以我之力「超強化」後的卡麗娜小姐也無法取勝。』

「既然如此，拜託這位先生打倒魔族的話——」

『卡麗娜小姐，不可以強人所難。這位先生的實力再強也只是在人類的範疇內。有能力打倒魔族的，就只有勇者或超乎常理的一小部分人而已。』

我用無表情技能裝出笑容附和拉卡的發言，內心卻是有些不解。

存在於這個領地的應該是推測四十級的下級魔族。

之前發現的巨人等級也在三十以上，所以這樣的形容方式應該不算誇張……

或許「識破魔族」僅能看出對方是否為魔族，而無從進一步得知上級或下級之類的階級資訊。

畢竟強不強的基準似乎也是參考自卡麗娜小姐的相對值罷了。

『佐藤先生既然是旅行商人，是否知道巨人之村的位置呢？』

「我沒去過，但大概知道要怎麼走。」

「那……那麼，可以麻煩你帶路嗎？」

換上在身體前方握起雙手的「請求」姿勢，卡麗娜小姐的魔乳釋放出驚人的迷幻效果。

我下意識差點要點頭，但亞里沙這時卻強行闖入我們之間。

「——道謝。」

「是的，當然了。我會支付報酬的。」

聽到卡麗娜小姐這麼誤解，亞里沙猛然抬起眼角：

「才不是。妳剛才昏倒的時候獲救，這件事情還沒向主人道謝吧？」

「啊……」

亞里沙的話讓卡麗娜小姐啞口無言。

看來果然只是忘記而已。

「對……對不起。佐——感謝你的救助。」

卡麗娜小姐站直身子，恰如一名貴族千金捏起裙子的兩端行了一禮。

在卡麗娜小姐的身後，小玉和波奇也捏起褲裙的邊緣模仿著。

亞里沙抱起雙臂高傲地「嗯嗯」點頭。她以後長大可能會是個好母親吧。

「不，妳不用客氣。」

我也站起來，模仿老電影裡的貴族子弟動作向對方回禮。

>獲得技能「禮儀」。

「那麼關於剛才的話題，我們也正要前往巨人之村，妳是否要一起同行呢？」

「可以嗎？」

「是的，多一個人的話無所謂。」

儘管是我自作主張，但我家那些孩子並沒有傳來否定的聲音。

有少部分人被卡麗娜小姐的胸圍激發了危機感，不過對於同行一事倒是答應得很爽快。

◆

「呀啊啊啊啊啊啊！」

卡麗娜小姐高聲尖叫，整個人飛出去。接著落地翻滾，最後猛烈撞上樹木停下。

因為有拉卡架起的鱗片狀魔法壁的保護，那種就連年輕藝人也退避三舍的重摔並沒有讓她受到任何傷害。

見到飯後像往常一樣開始訓練的前鋒成員，卡麗娜小姐表示自己也想要參加，但她似乎未能妥善運用拉卡所強化過的力量，從剛才就不斷做出自爆的舉動。

由於卡麗娜小姐直接穿著禮服參加訓練，如今是裙子整個翻起的邋遢模樣。

不過這是以這個世界的基準來看待，其實看見泡泡褲我一點也不會覺得高興。

「卡麗娜～？」

「要不要緊喲？」

小玉和波奇跑到卡麗娜小姐身邊，憂心忡忡地望著那倒立在大樹根部眼冒金星的臉龐。

由於這兩人不善於加上敬稱，所以卡麗娜小姐允許她們可以直接稱呼名字。

我出聲吩咐和亞里沙及蜜雅一起觀看訓練過程的露露：

「露露，可以把娜娜的備用衣服拿來借給卡麗娜小姐嗎？」

「是的，知道了。」

雖然我或莉薩的衣服也可以，但卡麗娜小姐的體型穿上後，胸部大概會太緊吧。

接過露露拿來的衣服，卡麗娜小姐背對著露露說了一些話。看樣子那套禮服好像無法獨自一人脫下。

見到露露毫不猶豫地開始幫忙脫衣服，我於是轉身背對她們。

真希望她能顧及一下還有男性在場的事實。

「哎呀？明明就可以大飽眼福。」

「亞里沙。」

亞里沙的這句話遭到蜜雅的責難。蜜雅她對於這一類的發言相當敏感。

察覺好像換完衣服，我又轉過身來。

對方的胸前飽滿得彷彿快要裂開一樣。似乎是布料面積不足，衣襬被往上拉扯導致肚臍露出。

大概是覺得很難為情，卡麗娜小姐拚命將衣襬下拉，其動作使得胸前變形得更加糟糕。

「佐藤。」

「既然那麼喜歡胸部，就這個樣子！」

兩人察覺我的目光在盯著胸部，於是上前抱住我的臉以擋住視線。

有些憤怒的亞里沙將那沒什麼脂肪的胸部硬貼上來，實在很痛。

到頭來，在我被遮擋視野的期間，卡麗娜小姐似乎改換上了娜娜用來當作睡衣的寬鬆服裝。

剛才的美妙光景就保存在腦內資料夾好了。

非常遺憾的是主選單內竟然沒有擷取畫面的機能。

「佐——你不參加訓練嗎？」

卡麗娜小姐調節呼吸一邊向這邊走來。

冒汗的額頭搭配急促的呼吸看起來實在很性感。倘若對方不是男爵千金的話真想追求一番。

她剛才好像準備叫我的名字，不過可能是直呼男性的名字太難為情，就紅著臉改為「你」了。

「莉薩說最強的人是佐——是你。願意和我交手一下嗎？」

「嗯嗯，好啊。」

我站起來，走向她們用來訓練的河灘。

中途我撿起腳邊的石子擲出。

當然，並非丟向卡麗娜小姐。

石子擊穿了由河灘對側水面浮現的半馬半魚腦袋。向後倒下的半馬半魚帶起水柱，最後消失在水面。

原先察覺到半馬半魚存在的小玉和波奇，這下終於安心地放下訓練用木劍。

「好，要開始了嗎？」

我微微一笑，出聲詢問因突如其來的事態而感到錯愕的卡麗娜小姐。

「是……是的……我要進攻了哦！」

對方的動作就像個門外漢，但一轉眼便提昇至最高速度使出飛身膝擊。

那種格鬥遊戲角色般的動作我已經在她和前鋒成員的訓練中見過，所以輕鬆就躲開了。

話說速度還真快。跟波奇差不多了。

「唔！居然避開了。還沒結束！」

雙腳陷入河灘緊急煞車的卡麗娜小姐，這時候挾帶沙塵再次突擊而來。

面對跳躍中的迴旋踢，我整個人蹲下藉以躲避。

抬起目光可以見到魔乳被慣性所拉扯，彷彿有生命一般做出生氣蓬勃的動作。

「討厭！動來動去的！」

原本擔心她的胸部韌帶會不會斷裂，但對方看起來似乎不覺得疼痛，所以應該是「痛苦抗性」或「超強化」的作用吧。

我在心中對製作拉卡的先人獻上最高的讚美。那真的是非常優秀的裝備品。

伴隨不耐的惱怒聲，卡麗娜小姐使出飛踢，我則是跳到一旁避開了。

卡麗娜小姐的攻擊都是一些大招，注意力未太過分散的話都可輕易躲開。

不過光是閃避也不妥，於是我決定試著抵擋一下突擊。

看準挾帶突擊般氣勢使出肘擊的卡麗娜小姐，我如同用蠶絲棉將其裹住一般大動作擋下攻擊並化解力道。

這一記肘擊相當有分量，就好比莉薩的長槍那樣沉重，實在不像區區等級二能夠發出的威力。

看來拉卡的「超強化」會將她的等級額外提昇十五級左右。真不愧是古代遺物，拉卡的強化性能厲害極了。

我在心中這麼佩服著，一邊將力量抵銷完畢的卡麗娜小姐直接拋出。

卡麗娜小姐帶著「呀！」的可愛叫聲整個人翻滾在河灘上。

有拉卡的白色防禦壁保護著卡麗娜小姐，所以就算將她丟到滿是碎石子的河灘上也不用擔心。

不過看她一副頭昏腦脹站不起來的樣子，我於是走到對方身旁伸出手：

「卡麗娜小姐，妳不要緊吧？」

「我……我沒事！」

不過，卡麗娜小姐卻舉止怪異地自行站起，彷彿在躲避著我的手。

儘管我心裡有些受傷，不過從她不知所措的模樣和顫抖的聲音來看並非是討厭我這個人，只不過對於異性反應過度罷了。看她好像是個足不出戶的千金小姐，搞不好是潔癖使然吧。

在這之後她仍不信邪地繼續施展直線的突擊和特攻，而我對此不是躲避就是又將其整個人拋飛。

不知不覺中，原本的比試變成了好像我在指導對方一樣。

「卡麗娜小姐，光是施展大招，對於擅長躲避的對手是行不通的哦？」

「是喲！要先用小招破解防禦，再用大招致命一擊喲！」

波奇進一步補充我的發言。

印象中，波奇之前曾經向莉薩學過這種戰術。

「小招？」

卡麗娜小姐的身手比波奇更為笨拙，用來牽制的拳頭和掃腿都破綻百出，比起剛才純粹施展大招時暴露出更多的空檔。

看來我這種太仰賴技能的人果然沒有擔任教練的天分。

「莉薩，不好意思，可以代替我指導一下嗎？」

「主人，請包在我身上。」

我換上莉薩擔任教官，自己則是返回觀戰的行列。

「卡麗娜小姐，我和波奇現在要進行戰鬥。一開始不用小招，之後再以小招戰鬥。請仔細觀察波奇的動作。波奇，戰鬥時的速度比平常更慢一點，好讓卡麗娜小姐看清楚。」

「好——喲～」

——波奇，沒必要連說話也那麼慢吧？

看著兩人演舞般的訓練，卡麗娜小姐似乎學到了小招的重要性。

卡麗娜小姐和前鋒成員持續了一個小時左右的實戰形式訓練，直到每個人都累得站不起來為止。

由於汗流浹背很容易感冒，所以我用燒開水的魔法道具準備了熱水讓大家擦汗。當然，地點是在擋風的雪屋型「防禦壁」當中。

「這是可以燒開水的魔法道具嗎？」

「是的，城堡裡不用這個嗎？」

「侍女說柴火太貴，只有早上才供應熱水，所以應該沒有人使用吧。」

——生活還真是艱苦。

話說回來，既然侍女會抱怨區區的柴火太貴，果然稅收幾乎都被魔族或那些官僚挪用了吧。

我在馬車的睡鋪上對地板暖氣的魔法道具填充魔力。

作業進行當中不時可以聽到大家用熱水擦汗的歡笑聲。

我心裡有一點懊悔，早知道就在河邊開闢一個露天浴池。從森林巨人之村回來後一定要做一個試試。

讓全身清爽的眾人躺下睡覺後，我將暖桌拼湊起來當作自己的床鋪。這時可清楚聽見馬車內傳來卡麗娜小姐「地板真是暖和呢！」的讚嘆聲。

儘管獨自一人被排除在外有點寂寞，但再怎麼說也不能和男爵千金同床共眠。

由於對強化裝備這種東西產生了興趣，當晚我便在負責守夜的那些孩子身旁翻找托拉札尤亞的資料。

製作這些裝備似乎也和聖劍一樣需要很誇張的設備，但在閱讀資料期間我發現了一件事。

無論鍛造或鑄造的過程中，避免讓魔法迴路崩潰都是一件很費力的事情。

前一個步驟的製作魔法迴路倒是還算簡單，於是我用聖劍「王者之劍」縱向剖開木劍，然後在其中嵌入魔劍的迴路。

沒有任何的技能或稱號，一把仿造魔劍就這樣順利完成了。

完成的木魔劍遠比普通的木劍更容易注入魔力。

複雜的迴路目前還辦不到，但防禦提昇系或威力提昇系的簡單迴路卻可以放入劍中。

當晚我完成了兩把劍。木製的魔劍和聖劍。前者注入魔力後會發出紅光，後者則是藍光。

來到沒有實體的幽靈系魔物出沒之處後，我試用一下木聖劍和木魔劍，每一把都發揮出在堡壘遺跡找到的祕銀合金劍的同等威力。

回程我用木魔劍劈砍普通的魔物，結果導致整把劍碎裂解體。看來只能用在沒有實體或普通武器無法傷害的敵人身上了

只不過，拿來當作魔刃技能的傳導體倒是很有用處。

雖然我自己用樹枝或伸長的手指都能夠發動魔刃技能，不過這似乎很適合用來讓前鋒成員進行魔刃技能的練習。

直到天亮為止，我總共完成了三把安裝有練習技能用魔法迴路的木魔劍。

◆

來到穆諾男爵領的第十五天早晨。

喝完溫暖的湯暖和身子後，我們朝向瀰漫著冰冷晨霧的大森林深處出發。

另外，馬車則是由我在出發時擴大儲倉收納的距離，於無人注意的情況下將其收納。最起碼，意氣風發地啟程的卡麗娜小姐和拉卡並沒有察覺到這一點。

沿小徑前進的我們分乘六匹馬。

從盜賊那裡搶來的軍馬分別由娜娜和莉薩單人騎乘，在賽達姆市購買的騎乘用馬就交給會騎馬的卡麗娜小姐乘坐，我自己則是跟亞里沙同坐一匹。

至於最初在聖留市購買的拉車馬，分別是由蜜雅和露露、小玉和波奇這樣的組合騎乘。

小玉的騎馬經驗較少，不過拉車馬「基」和「達利」卻相當聰明，很聽從小玉的命令，如同老練的騎手駕馭一般輕鬆跨越倒木或是避開坑洞。

「彎道和障礙物比想像中還多呢。」

「普通。」

蜜雅平靜地這麼回覆亞里沙的牢騷。

大概是想說這在森林小徑裡算是家常便飯吧。

「主人！在那裡！是獵物喲。」

波奇在樹叢的另一端發現山鳥。

要打來當作午飯嗎？我從鞍袋旁的弓袋裡取出短弓射殺山鳥。

「成功了喲！」

波奇跳下小玉操控的馬，像獵犬一樣快速跑到山鳥掉落的地點。

「你不光是體術，就連弓術也是一流呢。」

「那是因為老師教得好。」

聽了卡麗娜小姐的欽佩之言，我撫摸著蜜雅的腦袋這麼回答。

蜜雅本人或許是為了掩飾害羞，於是紅著臉開始吹起草笛。

第一天我們並未遭遇魔物，最終選擇在一處小河畔紮營。

我們從萬納背包裡取出所有必要的用具開始進行露營作業。目前我所使用的是在怨靈堡壘的寶庫裡找到的劣化版萬納背包。

由於必須在卡麗娜小姐和拉卡的面前公然使用，所以我平常都使用萬一貴族向我索討時比較不會心疼的劣化版。

然而似乎是我多慮了。

「哎呀？是魔法背包吧。我家裡以前也有幾個。」

見到我從劣化版萬納背包裡取出墊子和暖桌等物，對方卻只是很乾脆地說了這麼一句。

穆諾男爵家的萬納背包似乎為了籌錢而賣掉了。果然這種東西在大商人或富裕的貴族家中並非什麼稀有的魔法道具。

「哎呀！這張桌子裡面好暖和！」

反而是暖桌的存在讓她感到吃驚。

「卡麗娜，這邊～？」

「這個暖呼呼喲！」

卡麗娜小姐學著小玉和波奇一起將頭鑽入暖桌內，欣賞魔法道具所釋放著光輝。

由此認識到卡麗娜小姐不光是胸部，連腰部曲線也十分性感的同時，我一邊輕聲告誡她們：「這樣很沒規矩哦。」

這時候亞里沙抱著惡作劇的心態摸了一下卡麗娜小姐的臀部，結果使她大驚之下腦袋撞到暖桌發出尖叫。

另外，亞里沙見到卡麗娜小姐紅著臉淚眼汪汪地探出臉後立刻道歉，讓我不至於蒙受色情狂的不白之冤。

「卡麗娜～？」

「卡麗娜也要幫忙喲！」

足不出戶的卡麗娜小姐待在暖桌裡並未幫忙準備露營的工作，小玉和波奇兩人見狀抓住她的手將其拉出。

「妳……妳們叫我做這種打雜的事情嗎？」

「ＹＥＳ～」

「不工作的人就沒有飯吃喲！」

卡麗娜小姐或許是擁有大胃王屬性，一聽到沒有飯吃瞬間露出彷彿寫有「震撼」二字的錯愕表情，然後在小玉和波奇的指導下參與準備工作。

今天的午餐是早上製作的三明治，所以擔任晚餐主菜的悶燒山鳥就由我帶著露露這位助手一起烹煮。

「主人，食材這樣子處理可以嗎？」

「嗯，很完美。露露做事很細心，完全可以放心交給妳呢。」

我從露露手中接過山鳥，在掏出內臟後的空洞內塞入香草和事先燙過的蔬菜。

外表則是仔細地塗抹以醬油為底的醬汁，然後放入逗留在賽達姆市時製作的蒸氣烤箱型魔法道具內。由於鳥的體積很大，幾乎要塞滿整個烤箱。

「這個魔法道具雖然無法看到裡面，不過可以根據外殼的溫度和食材的聲響來調理食物。」

「……變得有點溫溫的。」

露露一臉認真地將手放在四方形的烤箱上喃喃說道。

她用耳朵貼著烤箱後目光向上望來這麼報告。

「裡面還沒有聲音。」

「露露，不可把臉靠近，會燙傷的哦。」

「是……是的！對……對不起！」

就算燙傷也能用魔法藥治好，但即使片刻損失露露的美貌也等於是全世界的損失。

不久，香味伴隨著蒸氣從烤箱內飄出。

波奇和小玉兩人跟著卡麗娜小姐一起注視不斷噴發的蒸氣。

見到她們那副模樣，連我也開始期待這道菜完成了。

待前往採集藥草的蜜雅和亞里沙回來後，晚餐時間也到了。

幸好波奇和小玉的口水還沒有潰堤。

……我裝作沒看到卡麗娜小姐半開嘴巴彷彿要流口水的樣子，逕自將悶燒鳥肉放在桌上的大盤子裡。

至於把鳥肉和蔬菜分在大家盤中的任務，我就交給莉薩負責。

「開動～」

「「「開動。」」」

隨著亞里沙這麼起頭，晚飯終於開始了。

「開動？」

「這個『開動』的意思是——」

面對卡麗娜小姐的詢問，亞里沙開始賣弄自己的知識，不過我比較關心悶燒鳥肉的完成度所以就忽略了。

鳥肉的口味近似上等的照燒。由於悶燒使得脂肪流失的緣故，有種清淡的美味。我感到有些失望，仍接著將切成小塊的蔬菜送進嘴裡。

——真好吃。

山鳥的脂肪、蔬菜的鮮美以及當作隱藏味道塗抹的味噌醬汁實在是絕配。

和鳥肉一起食用更是增添風味。由於少了點刺激感，我便灑了一把胡椒使其進化為天上美味。

嗯，以後發現山鳥就優先獵殺吧。

我也向眾人推薦自己的吃法和使用胡椒，大家一起享受了天堂般的美味。

飯後收拾餐具時卡麗娜小姐試著挑戰洗盤子，但在打破第五個時就遭到莉薩下達戰力外通告，被指派和亞里沙一起做些擦桌子之類的簡單工作。

順帶一提，亞里沙因為握力太差導致盤子掉落，而卡麗娜小姐為防止掉盤子卻是用力過猛弄破了。

隔天的旅程也相當和平，但絕對算不上平坦。

「哇啊！好壯觀！」

「真是不可思議的光景。」

露露在亞里沙身旁舉止端莊地這麼讚嘆道。

第二天的旅途中，小徑前方變成斷崖絕壁，昨天的小河化為瀑布營造出彩虹。

森林的深處有看似金字塔的神祕建築，還可見到彷彿銀河鐵道的火車出發時延伸向天空的傾斜石頭路。

金字塔好像是很久以前的神殿遺跡。位置在相當遠的地方，但裡面有觀測天文的設備，所以從森林巨人之村回來時繞道去看看好了。

從這一帶起，雷達的範圍內開始出現稍強的魔物，於是我在夜裡偷偷行動四處解決掉那些巨大的蛇類魔物和擁有石化凝視的可怕蛇尾雞。

當然，實力可以當作戰鬥訓練之用的單獨魔物就先留著了。

『人類人類人類～偶爾還有精靈～人類人類人類～偶爾還有精靈～』

第三天的白天，我們發現了長有喇叭形狀的花並且會唱歌的樹木。

歌詞挺微妙，不過帶到王都的話應該會有好事之徒願意花大錢買下。當然，我根本無意進行搬運，所以就放著不管了。

另外，森林深處有不少罕見的植物，特別是可以當作魔法藥和魔法道具之用的素材相當豐富。

在這當中，包括從斷崖上回收的土石以及在高透明度泉底發現的水石在內，我獲得了許多因魔素而導致變質的屬性礦石。

水石好像是用在「深不見底的水袋」這種會產生清水的魔法道具上。

中途還遭遇了幾次魔物但都是一些小嘍囉，所以就用來讓大家訓練團隊合作以及供卡麗娜小姐累積實戰經驗。

「卡麗娜～上面～」

「——咦？」

名叫「爬行藤」的等級三魔物從樹上降下纏住了卡麗娜小姐。

敵人擁有微弱的麻痺毒性，但只要不是單獨行動中遭到偷襲就沒什麼好怕。

而且還有拉卡的守護，對於卡麗娜小姐來說想必不是什麼威脅。

「休得放肆！」

卡麗娜小姐憑藉拉卡的「超強化」怪力將「爬行藤」噗滋一聲扯斷丟在地面。

莉薩接著用魔槍給予致命一擊。樹上還有好幾隻像蛇一般抬起頭的「爬行藤」，不過在察覺同伴被殺之後都逃之夭夭了。

「妳沒有受傷吧？」

「我……我沒事。」

我策馬靠近，讓看似不知所措的卡麗娜小姐下馬。

不善於和男性相處的卡麗娜小姐除戰鬥中和用餐時之外，其餘時間都像這樣子。就彷彿戒心很強的貓咪一般，並不會讓人感到不快。

第三天的旅程大致就這樣結束了。

這天深夜並沒有發現強大的魔物，所以我遠行至無人踏足的險處不斷收集水石、土石和風石這些屬性礦石。

這些是製作特殊的屬性魔法系魔法道具或魔法藥時必備，但在鍊金術店和魔法道具店裡很難買到的東西，所以我總共回收了三個麻袋的分量。

可以的話我還希望有雷石和火石，不過可惜的是沒能獲得這些礦石。

尋找這些素材之際，我在地圖上發現穆諾男爵領的西方山脈裡有代表熟人的光點。是娜娜在聖留市之前道別的那些姊妹們。

看來她們所前往的賽恩妻子墓地就在那個深山裡。

雖然很想與她們久別重逢，不過距離太遠，這次只好作罷。

反正之後還會碰面，最差的情況下應該也能在迷宮都市相遇才對。

「熊～？」

「可能是野豬先生喲。」

第四天的上午，我們在行進方向的懸崖上發現一隻背向這邊的褐色野獸。

那隻野獸晃動身子倒向一邊。

「睡午覺～？」

「不是喲！後面有魔物喲！」

野獸的後方，一種看似金屬製犰狳的生物猛然探出臉來。

根據AR顯示，對方是名叫「鎧鼠」的二十級魔物，擁有「衝刺」和「吸收衝擊」的種族固有能力。其大小和輕型卡車差不多。

「全員下馬就戰鬥位置。馬交給亞里沙和露露照顧。」

莉薩這麼呼喊後，眾人紛紛下馬就戰鬥位置。

或許是被這個聲音刺激到，鎧鼠像木蝨那樣蜷起身體從懸崖上方使出旋轉衝刺。

我和蜜雅用短弓射擊，不過由於是廉價的弓和箭所以都被鎧鼠的外皮一一彈開。

——儘管如此，鎧鼠這時卻開始胡亂旋轉，猛烈撞上附近的大樹後轟然倒地。

只見亞里沙喃喃唸道：「干擾平衡感。」然後對我比出V字手勢。而我也豎起大拇指稱讚對方。

「現在正是好機會！我們上吧，拉卡先生。」

不待莉薩的號令，卡麗娜小姐像飛箭一樣跑了出去。

『卡麗娜小姐，等一下。』

「不行，卡麗娜小姐！」

拉卡和莉薩急忙制止，但在拉卡的「超強化」之下腳力異於常人的卡麗娜小姐卻已經接近至鎧鼠的極近距離。

鎧鼠彷彿「砰」地一聲解除蜷起身體的狀態，朝附近的卡麗娜小姐撞去。

卡麗娜小姐整個人飛出，中途撞斷了好幾株灌木。

這一記漂亮的安打若在平時足以讓人身受重傷，不過拉卡的防禦很牢固，卡麗娜小姐的體力似乎連一點也未減少。

像這樣的好東西真想讓我家那些孩子也全體裝備。有沒有什麼地方開價一萬金幣在兜售的？

就在這麼思考的期間，小玉和波奇主動吸引鎧鼠的注意力，娜娜負責防禦，卡麗娜小姐則是被撞飛，莉薩正利用魔槍多瑪慢慢給予傷害。

……總覺得卡麗娜小姐派不上什麼用場。沒辦法，畢竟才等級四而已。

「大家退下！蜜雅的魔法要發動了！」

亞里沙的信號讓眾人拉開距離。

「■■■　■　■　急膨脹。」

蜜雅的魔法將累積在鎧鼠腳邊的綠色血液急速汽化，掀倒了魔物。

錯失逃脫時機的卡麗娜小姐和魔物一起被蜜雅的魔法轟出，整個人掛在附近大樹的樹枝上。

「姆？」

面對意料之外的事態，蜜雅面露困惑的表情。

「乘現在！發動攻勢！」

鎧鼠急忙弓起身子想要爬起，但亞里沙的精神魔法「精神衝擊打」短期間奪取了對方的意識。

看準停止動作的鎧鼠，前鋒成員俐落地刺出劍和槍給予致命打擊。

在這場戰鬥中提昇一級的卡麗娜小姐獲得了立體機動技能。雖然覺得有些諷刺，不過既然是有用的技能就不多說什麼了。

我家那些孩子似乎非常喜歡卡麗娜小姐的法國捲髮型，於是我利用魔法道具製作了捲髮器。

「圈圈～？」

「捲捲的喲。」

就這樣，大家都拿來開心地捲髮梢。

老實說我從第一天就開始製造，但要將溫度控制在頭髮不會燒焦的程度很困難，不斷反覆製作之後終於在第四天完成了。

話雖如此，我並未讓大家知道我努力的過程。

畢竟主人就是一個私底下偷偷努力的人啊。

另外，這天深夜我消滅了會使用石化氣息，名叫雞蛇的雞類魔物，然後收集那些變成石頭的樹木和小動物。

還有，隔天早上試吃的雞蛇肉實在是一絕。

然後到了第五天。我們出發後隨即來到我在地圖上確認的最大難關。

「好深的裂縫呢。」

「谷底的河流似乎相當湍急——這麼報告道。」

「掉下去大概會沒命呢。」

繼亞里沙、娜娜和莉薩之後其他孩子們也想眺望下方，但我制止了她們危險的動作。

「要繞路嗎？」

「不用擔心，前方有一座橋哦。」

順帶一提，那是我昨晚獵殺雞蛇之後臨時架設的。

策馬前進些許後，可以看見一座獨木橋。

「這……這就是橋？」

「是啊。」

我點頭這麼回答亞里沙。

「等等，莫非要叫我們走這個過去？」

和我乘坐同一匹馬的亞里沙看到獨木橋後臉色變得慘白。

由於只是在兩根滾木之間用木板固定，所以過橋需要一些勇氣。

「不行，不行不行！絕～對辦不到！我們乖乖花個三天時間繞路吧，好不好？」

亞里沙淚眼汪汪地這麼懇求。

為了強調沒問題，我率先往橋上走去。

「都說不用擔心了。」

「呀啊——」

擔心亞里沙的叫聲會嚇到馬，我於是塞住她的嘴巴過橋。

或許是無力再抱怨，亞里沙精疲力盡地整個額頭貼著馬鬃。

「真是的，小玉太拚命了喲。」

「船到橋頭自然直～？」

緊接跟上的人只有小玉，但同乘一匹馬的波奇或許是覺得此舉無疑在同生共死，所以語氣急迫地抗議著。

「小玉，麻煩妳拿著韁繩。」

「系～」

我將馬交給小玉後在橋上往回走。

由我依序陪著大家騎馬過橋應該會比較快吧。

「主……主人。」

「會怕的話就閉上眼睛吧。」

「好……好的！」

我帶著緊抓住我背部的莉薩騎馬過橋。想不到她竟然這麼怕高呢。

接著，這一次是帶著露露過橋。

「主……主人，閉上眼睛還是很害怕。」

「那麼，妳就側坐著將臉埋在我的胸前，專心聽著心臟的跳動聲。」

「是……是的！」

渾身顫抖的美少女緊抱住自己的情境真是不錯。在在刺激著保護對方的欲望。

我乘著露露的馬一起過橋後，只見亞里沙咬著手指望向這邊。

「後山。」

亞里沙應該是想說羨慕吧。（註：「後山」日文原文為「裏山」發音近似「羨慕」）

「既然這樣，亞里沙妳還要再往返一次嗎？」

「不……不必了。」

我這麼開玩笑後，亞里沙一臉正經地猛搖著頭。

「很危險。人類不會飛的哦？因為沒有翅膀。所以精靈也就不會飛。真的哦？」

接著我抬著因恐懼而變得聒噪的蜜雅走過獨木橋，最後同坐在卡麗娜小姐的馬上一起越過峽谷。

雖然差點被卡麗娜小姐的魔乳迷住，但還是忍耐下來了。

就這樣，我們終於抵達了地圖的空白地帶邊緣。

「牆壁～？」

走在前頭的小玉讓馬側身站立，彷彿在演默劇一般敲著看不見的牆壁。

坐在露露馬上的亞里沙也學小玉將手伸出。

「哎呀，真的呢。」

「真是不可思議。明明看不見卻存在某種東西。」

其他孩子們也跟小玉一樣參與敲打看不見的牆壁。

包括卡麗娜小姐在內，那種敲打後不解傾頭的模樣實在很可愛。

我也讓馬橫向站立伸手觸摸，但卻沒有類似牆壁的東西。

看了一下大家所敲打的場所，ＡＲ顯示出現了「山樹的結界壁」字樣。

和之前在「幻想之森」的境界所看到的結界壁應該是同樣的東西吧。

話說回來，「山樹」是什麼？

莫非我們走錯了地方嗎……

我策馬向前一步，在感覺些許異樣感的同時順利前進了。

一股微暖的風拂過臉頰，但我更是被前方遠處突然出現異常龐大的大樹吸引了目光。

原以為自己遭到轉移，但回頭一看卻發現其他人不斷開合嘴巴上演默劇的樣子。從那焦急的神情來看並非在玩耍，感覺是真的在替我操心。

那道結界壁似乎可以隔絕聲音的樣子。

由於她們也看不見剛才的大樹，可能是連視覺也可以一併遮蔽吧。

我首先從主選單的魔法欄使用「探索全地圖」以取得結界內的情報，然後返回結界壁的另一端。

「討厭，突然就消失不見，害我們嚇了一跳！」

以亞里沙為首，擔心我的眾人紛紛出言責怪。

她們替我擔心實在讓我很高興，不過還是以確認結界另一端是否安全為優先。

一臉安分地聽著大家對我的怒氣和擔心之意，我一邊挑選情報。

首先，剛才位於結界另一側的大樹從主選單情報中可以得知名叫「山樹」。似乎和囚禁蜜雅的「搖籃」大小差不多。

而我要前往送信的森林巨人之村好像就位於那棵山樹的山腳下。

這個領域內的人口集中於森林巨人之村。森林巨人一共只有十人，最高等級為三十九，平均起來是三十一級。

這裡似乎也存在森林巨人以外的巨人族。

名為小巨人的種族平均是二十級。名稱聽來有些矛盾，不過大概就是小號一點的巨人吧。他們約有一百二十人。

其他還居住著總數一千人左右的各類亞人。鳥人族占四成，各種類的獸人五成，剩下的一成是妖精族。

妖精族幾乎都是棕精靈、地精和守寶妖精這三個種族，但也存在著三名狗頭人。由於在庫哈諾伯爵領沒能見到，這次希望可以交流一下。

結界壁的內部更有許多種類的幻獸們。

獨角獸分成好幾個群體。其他更有名叫捻角獸這種身為聖劍朱路拉霍恩的素材或原型的幻獸在棲息著。

山樹的上方好像群居著「幻想之森」的老魔女所使役的古老雀。

總之看來沒有對我家那些孩子造成致命威脅等級的危險生物，這下放心了。

確認安全無虞後，我們所有人便移動至結界的另一端。

不知為何，在我的牽引之下其他人就可以順利通過結界。

原以為蜜雅看到山樹後會感到驚慌，但她可能從未目睹「搖籃」的外觀為何所以並沒有什麼反應。

「佐……你究竟是什麼人呢？」

卡麗娜小姐一臉認真地這麼詢問。看樣子她還是很羞於直呼我的名字。

「我有一封信要送到巨人之村，可能因為這樣就放行了吧？」

我隨便找個理由搪塞對方，但就連我自己也不知能通過結界的原因。

那麼，在想破腦袋之前先調查一下移動路線吧。

從這裡到村落的直線距離為二十公里，騎馬大概是一兩天的路程。

忽然間，眼前的古樹之一出現了綠色的人影。

「哎呀？還以為是誰，原來是人類。」

「嗨，上次多虧妳的幫忙。」

現身於古樹的人影是曾經幫助我在「搖籃」內移動的樹精。

見對方招手，我便靠上前。她還是一樣裸體，但我對小女孩沒興趣所以毫無問題。

「姆，離開。」

蜜雅跑到我和小女孩之間，彷彿在保護我一般展開雙臂。

「人乾。」

蜜雅用簡單的詞彙發出警告。

大概是在說樹精會吸取大量的魔力一事吧。

「哎呀呀，這個幼子真是的。太失禮了～」

所謂的幼子應該是指蜜雅。畢竟她的稱號中也有「波爾艾南之森的幼子」。

我將手放在蜜雅的腦袋上，一邊和樹精交談：

「那麼，有什麼事情嗎？」

「嗯，森林巨人的族長拜託我過來看是誰入侵結界。既然是少年你的話可以直接帶過去無妨哦。幼子也會一起過來對吧？」

要跟上去是沒關係，不過將其他孩子們留在這裡，她們很可能會迷路而無法抵達森林巨人之村。

我不知道森林巨人的個性為何，不過既然和藹的老魔女稱呼對方為朋友，多多少少應該可以信任吧。

「等一下，妳可以帶所有人一起過去嗎？」

「可以啊～不過，這樣一來魔力就不夠了，所以我拿一點點哦。」

樹精不待回答便將手放在我的臉頰上，幾乎是「噗啾」一聲用力覆上嘴唇，就這樣開始吸取魔力。

這次因為有小孩子在看著，所以我主動將魔力注入對方。

或許是這個緣故，僅僅幾秒後樹精就鬆開嘴唇。

「你進步了呢，人類。」

乍聽之下就像在稱讚一名勁敵，但其實也只是單純的魔力供給而已。

所以，妳們其他人就不要含著手指仰望、咚咚地猛敲肚子還有用怨恨的眼神盯著我看了。

「那麼，要跳躍了哦。」

樹精這麼宣布的同時，地面紛紛冒出了香菇將我們圍住，產生散發綠光的孢子。

「妖精之環。」

蜜雅有些懷念地這麼喃喃唸道的同時，轉移也開始了。

「樹精！那些是什麼人？」

一個尖銳的聲音這麼質問著樹精。

我心想這個聲音不太像森林巨人，抬起臉一看發現目光的盡頭是高樓般身軀的森林巨

人，他們所坐的椅子旁的台座上有個蹦蹦跳跳的矮小老爺爺。AR顯示中，這個矮小老爺爺是名為棕精靈的種族。

根據地圖顯示，這裡是位於山樹根部附近樹洞深處的一個大房間。

這個大房間的天花板約有二十公尺高，寬度為半徑五十公尺。樹木自牆壁露出，大房間的天花板處有照明，溫和的白光照耀著整個室內。

森林巨人們坐在直接附於樹牆的巨大椅子上，身材就如小山一樣龐大。

或許是和我們所在之處有高低落差，對方臉上的陰影使得表情難以判別。他們動也不動地坐著，令人有種彷彿為石像的錯覺。

「還不快回答！樹精！」

「是人類哦。」

「不是這個，我在問他們是誰。」

「哼──只有這個源泉的主人『石鎚』小弟才能命令我哦。」

『波・亞──梅洛。』

巨人向樹精輕聲說了些什麼，但我只感覺到足以撼動身體的空氣晃動。好驚人的重低音。

我聽不懂對方在說什麼，唯一知道的是巨人的語言屬於精靈語的亞種。

恐怕是一種以精靈語為鼻祖的語言吧。

>獲得技能「巨人語」。

這並非森林巨人族語，好像是巨人們的共通語言之類的。

難得獲得了技能，我便將技能等級提昇至五以了解他們在說什麼。

巨人俯視這邊開口，彷彿自丹田震動的重低音迴盪在圓柱形的大房間裡。或許是針對我發話的緣故，聲音感覺比剛才更為嘹亮。

『你們是誰？來這個村子裡做什麼？』

巨人說完後，一旁的棕精靈會幫忙翻譯成希嘉國語。

『我叫佐藤，是個旅行商人。「幻想之森」的魔女閣下委託我帶一封信給各位，於是便前來這裡了。』

我藉助於擴音技能大聲開口，用巨人語回答對方。由於是配合他們的速度，所以說起來很慢。

「莫……莫非……這是巨人的語言嗎？」

『嗯，佐藤先生看來相當博學。』

「無論什麼都會呢。」

卡麗娜小姐和拉卡在我身後發出驚呼。

其他孩子們似乎也感到驚訝，但並不像卡麗娜小姐這麼誇張。

『哦，竟然懂得我們的語言。真是好極了。讓我看看老魔女的信吧。』

果然，在異世界裡對於會說自己種族語言的人似乎印象上同樣也會加分。

見對方的手像重型機具般緩慢伸來，我於是將信紙放在他的掌中。

大概是字跡太小不便閱讀，他將一旁的棕精靈抬到自己的肩膀幫忙讀信。由於是私人性質的信，我便事先關閉順風耳技能以避免偷聽到。

不久或許是看完了信，森林巨人將目光轉回：

『歡迎遠道而來，我老朋友的小小人族朋友啊。我名叫——』

他們的名字就像在唱歌一樣，聽著那緩慢的節奏令人不禁昏昏欲睡。

巨人族的名字裡似乎包含了每一代的祖先，所以唸了二十分鐘後依然沒有結束。小玉、波奇和娜娜三人會開始昏昏沉沉地打瞌睡也是情有可原。

他的名字會出現在AR顯示中，所以不用特別記憶就能唸出。但換成人族的語言大概也要花上五分鐘左右。想必連「壽限無」也會自嘆不如吧。

『——這麼長串一定很難唸吧。叫我「石鎚」就可以了。』

『感謝您的用心。我剛才已經報上名字，接下來就容我介紹其他的同伴。』

「……蜜雅。」

我將蜜雅推到前方後，她摀著耳朵一臉不悅地喃喃報出名字。

看來石鎚的龐大重低音讓她耳朵很不舒服。

『哦，這是波爾艾南之森的精靈閣下嗎？距離上一次尤薩拉托亞閣下造訪大約有一百年了。讓我代表整個村子歡迎妳的到來。』

森林巨人說出的這個名字，就是在聖留市經營萬事通屋的精靈店長。

他也來過這裡嗎？

接著，我又逐一介紹其他人的名字。最後介紹卡麗娜小姐時出了一點麻煩。

「我……我叫卡麗娜．穆諾。是穆諾男爵的次女──」

「竟然是穆諾！那個混帳候爵的血親，居然有臉過來獻上自己的腦袋？」

卡麗娜小姐還沒說完，巨人身旁的棕精靈便滿臉脹成紅黑色這麼怒道。包括剛才的事情也好，這傢伙沸點也太低了。

或許是不曾被人投以這樣的惡意，卡麗娜小姐整個人躲在我身後。

被那種體型從後方緊緊貼上，我的背部實在幸福得要腦中一片空白了。

為了回報這份幸福，我就代她好好辯護一番吧。由於解釋技能不常使用，就改以調停技能奮戰好了。

『請等一下。』

我展開雙手示意保護卡麗娜小姐，同時向他們這麼開口。

身後傳來卡麗娜小姐喃喃呼喚「佐藤」的聲音。感覺這是她第一次叫我的名字。

懷著有些賺到的心情，我用嘹亮的聲音繼續大聲說道：

『穆諾侯爵一族已經滅亡了。她的父親僅僅繼承這個名號，是個和侯爵沒有任何親戚關係的家族。』

我試著這麼辯解，但激動的棕精靈卻根本聽不進去。

或許是對此看不下去，抑或是技能發揮了效果，石鎚幫我制止了棕精靈：

『到此為止吧。』

『可……可是……』

『我說到此為止。』

被自己的主人制止，棕精靈顯得很沮喪。

『小小人族佐藤啊，我不會詢問你為何帶著名叫穆諾的女孩前來此地。』

這一次石鎚朝著我們這樣說道。

糟糕，照這種情勢下去，卡麗娜小姐就無法達成目的了。

不過，他的發言還有後續：

『魔女的信中已經寫明，你的目的是遊歷未知的土地。我會在村裡小巨人的房屋裡為各位準備房間。這是作為前來送信的謝禮。你們在村裡想待多久就待多久吧。』

哦哦，老魔女幹得好！

我在心中感謝著腦海裡浮現的老魔女和藹的側臉。

對了，要是對方指定卡麗娜小姐一人回去就傷腦筋了。就先聲奪人吧。

『石鎚大人，冒昧向您提出一個厚臉皮的要求。希望您能允許我的友人穆諾男爵千金一併逗留在此。』

『……好吧，那個穆諾之女也可以留下。』

猶豫了一會，石鎚終於同意了。

這樣一來，卡麗娜小姐在逗留的期間仍有和石鎚等人交涉的餘地。

畢竟也在一起旅行了幾天，乘著觀光的空檔我就幫他出一些主意好了。

『感謝您的寬宏大量。』

我向石鎚恭敬地行了一禮，然後離開這個大房間。

由於對方吩咐我們在大房間隔壁的房裡等待森林巨人之村派人迎接，所以我們正在乖乖等待中。

莉薩站在門邊負責把守房門。

『佐藤先生，感謝你剛才的協助。』

拉卡代替卡麗娜小姐向我道謝。

或許平常很少被人這麼惡意針對，臉色蒼白的卡麗娜小姐只是輕聲說了謝謝。

小玉和波奇則是分坐在兩旁憂心忡忡地抬頭望著卡麗娜小姐。

「前途看來似乎多災多難，還請加油哦。」

「是的，想不到竟會被那麼排斥……」

亞里沙拍拍卡麗娜小姐的肩膀這麼鼓勵道。

「沮喪是毫無意義的——這麼建議。有時間沮喪還不如向前邁進——這麼述說。」

「是啊，卡麗娜小姐！吃飽飯之後睡一覺，討厭的事情大致上都可以解決的。」

娜娜和露露也前來鼓勵卡麗娜小姐。說到這個，亞里沙好像提過露露曾經在家鄉遭受過不幸的對待呢。

不久，一群身高三公尺的小巨人前來迎接，於是我們坐上對方帶來的轎子出發前往他們的村落。

「抱歉讓各位久等齁。準備轎子多花了一些時間齁。」

我和夾帶奇怪語尾看似隊長的小巨人交談之際，轎子到了山樹外頭。

山樹外面有壕溝般的通道，綿延通向一公里半之外的村莊。比山樹的樹枝所能到達的距離更多了一倍。

最低的樹枝從上方生長了約一百公尺左右，樹枝前端垂下至接近地面的位置，其下方建造了好幾座土塔。

遠遠可以看見小巨人們正在塔上進行某種作業。

看來似乎是在採收山樹樹枝掉落的果實。

其大小約兩名小巨人環抱，所以果實的直徑大概是兩公尺吧。

另外，這個壕溝外面還可見到高達三公尺的土牆。

確認地圖後，發現高三公尺的土牆以山樹為中心每隔兩百公尺就建立一個同心圓的形狀。以防禦壁來說太低，而且到處都是空隙。

距離村莊還剩一小段路時，村莊方向忽然傳來警鐘聲。

「那是什麼呢？」

「好像是山樹的果實掉落了齁。」

小巨人隊長告訴我敲響警鐘的原因。

原來如此，果實從高達兩公里的山樹樹枝掉落的話很容易釀成慘劇吧。

剛才的土牆好像也並非抵禦外敵之用，而是為了防止掉落的果實。

樹枝上方可看到枝葉晃動，某種東西掉落的景象。距離這裡大約有兩百公尺遠。

「通道馬上就會架起防禦蓋，客人們請放心駒。」

將載著我們的轎子放在地面，小巨人隊長一邊冷靜地說道。

在他說話之際，通道的牆壁和天花板附近形成了拱門狀的透明牆壁。這恐怕是以術理魔法建立的防禦壁吧。

接著，朱紅色的果實從樹枝處露出臉來。

由於尺寸太過龐大，果實看起來就像在緩緩墜落，但實際速度應該相當快吧。

彷彿在證明這個推論，果實落地的瞬間傳來了撼動地面的轟隆震動。

不光是坐在我大腿上的亞里沙和蜜雅以及在我兩旁坐著的小玉和波奇，位在我身後的露露和卡麗娜小姐也緊張地抓住我的手臂。

柔軟貼在背部的大小觸感實在相當美妙。

只不過卡麗娜小姐或許下意識發動了「超強化」，被她抓著的手有點痛。

莉薩和娜娜則是全神貫注地留意著果實掉落的方向。

在那之後，陸陸續續有數不清的晃動傳來。

「不好了喲。那個是『彈跳果實』喲。」

從壕溝裡看不見，但他卻根據連續的震動做出這個判斷。

果實猛烈撞擊村莊前的高聳土牆，然後靜止。

然而下一刻，土牆卻被撞破，果實持續朝著村莊而去。

「唉～那一帶是守寶妖精老兄的家喲。明天大家要一起幫忙修理房子了喲。」

聽他的發言，與其說發生了嚴重的事件，更像是經常發生的一點小麻煩罷了。

天花板的魔法防禦壁解除後，我們乘坐的轎子被抬起，使得果實掉落的區域一帶清晰可見。

掉落的果實似乎有三顆，其中兩顆陷入了墜落地點之中。

其他還可以見到許多地面被回填的痕跡。

「果實經常會掉落嗎？」

「不，除了結果的季節，平常一個月掉一個就算多了喲。」

那麼，這只是偶然的一次大量掉落——

「大概是上個月，會吃上方果實的古老雀數量減少，所以剩下那些熟透的果實就掉下來了喲。」

——看樣子並非如此。

說到古老雀，應該就是「幻想之森」的老魔女作為騎獸的巨大圓滾麻雀。是什麼原因讓牠們減少呢？

「記得那是一種體型很大的鳥，莫非存在什麼危險的野獸嗎？」

「請放心，目前沒有喲。上個新月之日有成群的許德拉入侵結界，牠們就這樣被那群許德拉吃掉了喲。」

小巨人用哀傷的表情這麼敘述。

又是許德拉嗎？高機動力的害獸真是令人棘手。

「森林巨人們全體出動投擲『堅殼果實』把許德拉趕跑了喲。可是那時候接觸到『毒之氣息』的森林巨人都中毒了喲。」

「那真是糟糕呢。」

我自己因為瞬間殺死許德拉所以並未遭到對方的遠距離反擊，但要是沾上「毒之氣息」的話，洗衣服應該很麻煩。搞不好還會傷到纖維，讓整件衣服報銷。

「真的很糟糕喲。我出生三百年來還是第一次遇到魔物入侵，心急如焚喲。」

儘管是我的胡思亂想，但說不定許德拉也是在魔族的煽動下才來到村落。

「然後，成年的森林巨人服用地精製作的解毒藥之後已經痊癒，可是還有三個年幼的森林巨人臥病在床喲。」

一個月前的毒性還殘留著嗎？

我用地圖搜尋森林巨人。

的確，有三名森林巨人的小孩狀態為「中毒／許德拉【慢性】」。體力計量表處於三成到四成的位置，魔力和精力計量表都快要見底了。

「解毒藥對小孩子無效嗎？」

「這個……好像是因為缺乏材料，改用對付蛇毒的解藥之後效果太弱了喲。所以，森林巨人裡的『辮子鬍』大人已經外出獵殺許德拉作為解毒藥之用了喲。」

——啊啊，是我搜尋男爵領的地圖時僅僅發現的那個森林巨人嗎？

確認地圖後，他已經位在結界壁附近。

我又確認道具，在和他相同的位置處發現了名為「許德拉的腦袋」的物品，所以應該是順利獲得解毒藥的材料了。

我的儲倉裡同樣有許德拉的屍體，不過讓凱旋而歸的他白跑一場就太不解風情，所以還是先自制吧。

載著我們的轎子來到村裡最大的房屋前停下。

「歡迎回來，親愛的。這幾位就是森林巨人的貴客吧。」

「是喲。其中還有精靈大人，要慎重款待喲。」

「哎呀，我們家大概有一百年沒有精靈大人光臨了呢。」

這對小巨人夫婦雙方都超過了三百歲。

「初次見面，我是擔任『山樹之村』村長的『高個子』之妻『白指』。」

剛才的小巨人隊長似乎是位村長。

她所報上的名字就和森林巨人一樣是為了便於稱呼的外號。似乎是把巨人語中的「高個子」和「白指」翻成了希嘉國語。

蜜雅躲在我身後沒有出來打招呼的跡象，於是我代為問候對方：

「不好意思，蜜雅她比較害羞。我是人族的旅行商人，名叫佐藤。」

「哎呀，是蜜雅大人嗎？請不用在意，我知道精靈大人平時都很寡言的。包括以前大駕光臨的尤薩拉托亞大人也是。逗留期間僅僅說了『尤亞』、『承蒙照顧』、『承蒙照顧了』三句話而已。」

後半段的語氣有些在開玩笑，但似乎並非在挖苦或諷刺的樣子。

待其他人都報完名字，準備被帶往逗留期間要居住的房間時，蜜雅才低聲向白指女士報出名字。

「蜜雅。」

「哎呀，精靈大人的聲音真是悅耳。今晚我會用山樹的果實製作豐盛的大餐，您有什麼不喜歡的食物嗎？」

聽到蜜雅的聲音，白指女士提高一個聲調將臉湊近蜜雅繼續詢問。

「肉。」

蜜雅有些退縮，仍用手指在嘴巴前打了叉叉這麼說道。

「那麼，就把肉類料理取消吧。」

見到白指女士興沖沖的發言讓獸娘們的表情陷入絕望，於是我私底下偷偷要求「請給蜜雅之外的人加入肉類料理」。

來到村長家的路上可看到養牛人家帶著一群類似長毛牛的動物，所以肉類在這裡應該不是什麼貴重的東西。

高個子先生表示待會要去請人分一些山樹果實，所以我便決定自己和莉薩也一塊同行。

由於擔心聲稱自己很累而關在房間裡的卡麗娜小姐，我乘著還有時間便前往察看她的狀況。

帶著儲倉裡取出剛泡好的青紅茶和餅乾作為禮物，我造訪了卡麗娜小姐的房間。

「請多少吃一點吧。露露說過，肚子餓的時候更容易讓人沮喪。」

「我沒有胃口……」

卡麗娜小姐輕聲回答，但肚子卻相當誠實地表達飢腸轆轆。

我再次遞出食物後，她終於很不甘心地拿起來享用。

那雙手捧著烘焙點心清脆咬下的模樣就像小動物一般可愛。

「為什麼……」

卡麗娜小姐喃喃道。

「為什麼素未謀面的人會如此討厭我呢？」

顫抖的聲音中夾雜了畏懼和憤怒，忠實傳達出卡麗娜小姐複雜的心境。

「或許是穆諾侯爵所做的事情太過分了——」

「為什麼！就因為一個和我毫無關係的人！」

卡麗娜小姐激動站起，抓著我的衣領將臉湊近。

那眼中浮現著對於不合理待遇的怒氣和哀傷。

「對那些人來說，只要是名叫『穆諾』的『人族』就有充分理由了嗎？」

看來在異世界裡似乎也有池魚之殃的狀況呢。

聽到我的話，卡麗娜小姐再度嘀咕：「為什麼……」然後將額頭貼在我的胸膛。

可以聽見微弱的嗚咽聲。

我的目光無法移開那顫動的眼瞼和亮麗的嘴唇。

變得無助的美女竟然如此有魅力……

我輕輕抱住對方給予安慰，卡麗娜小姐隨即像個小孩子將身體託付於我。

我拚命克制著迷失在胸前暴力般的柔軟度之中，希望就這樣將她推倒在後方床上的輕率衝動。

——這時房門打開，莉薩隨之現身。

「主人，高個子先生說差不多可以出發了——對不起，我稍後再來。」

「等一下！用不著稍後了。」

我制止了見狀後很貼心地準備離去的莉薩。

多虧莉薩的登場，我心中的天使與惡魔之戰勉強以天使獲勝告終。

好險好險。差點就糟蹋了貴族千金，淪落為遭到通緝或被迫結婚的下場。

我放鬆抱住卡麗娜小姐的手臂，輕輕拍著對方的背部哄她。

然後讓莉薩先稍等我一下，轉而鼓勵卡麗娜小姐：

「卡麗娜小姐，現在放棄還太早了哦。在我的國家有個著名的教練曾經說過，放棄就等於結束了。」

我說到這裡後停下，觀察卡麗娜小姐的反應。

儘管反應不佳，但似乎將我的話聽進去了。

「卡麗娜小姐，既然對方的好感度為零就不至於再繼續扣分了。妳只要採取他們想要的行動藉此提昇好感度即可。」

「——好感度？」

見到卡麗娜小姐投來冀望的眼神，我於是點點頭。

要是讓我那些非宅男的朋友聽到，大概會被斥責：「你這個電玩腦！」

卡麗娜小姐似乎聽不太懂，所以我換了一種更簡單的說法：

「沒錯。很少人會為了討厭的對象而行動。所以，首先要從培養感情開始。」

「……培養感情？究竟要怎麼樣才能培養感情呢？」

「今後再慢慢尋找方法吧。所幸現在已經獲得逗留許可了。」

卡麗娜小姐的眼中恢復生氣，但看起來還是很不安。

「不用擔心，一定會有辦法的。」

為了讓她安心，我牽起她的手極力做出輕盈的微笑。

「謝謝你……佐藤。」

順風耳技能正確捕捉到卡麗娜小姐輕聲的感謝。

大概是我的保證奏效，她紅著臉，表情的陰霾也退去。

可能是哭過之後導致眼眸有些濕潤，看起來就像個戀愛中的少女。

應該不要緊了。

「那麼，我和莉薩要陪高個子先生一起去辦事，順便收集一些情報回來。」

「我也——」

『等一下，卡麗娜小姐。我們一併同行的話很可能會妨礙情報的收集。如今應該自重一些。』

「——拉卡先生。」

卡麗娜小姐想要跟我們前往，卻被拉卡制止了。

說到這個，都忘了還有拉卡在場呢。

「收集情報的事情就包在我身上。這就去帶回一些好消息。」

我再次微笑讓卡麗娜小姐放心，然後離開了現場。

出門前我去了一趟亞里沙那裡，拜託她多多陪著卡麗娜小姐談心。

我和莉薩在高個子先生的帶領下漫步於「山樹之村」的大道上。

這個村莊建有一百八十棟房屋。和人族的房子不同，大大小小的房屋參差不齊，看著看著相當有趣。建築樣式具有各種族的特色，屋頂和窗戶的形狀也各具特徵使人百看不膩。

「很棒的村莊呢。」

「被這麼誇獎真不好意思喲。我一直以這村子為榮喲。」

高個子先生配合我們的步行速度前進，在參觀街景的同時往果實加工所走去。

中途有比起波奇和小玉更小的妖精族小孩以及比我們還高的小巨人小孩在跑來跑去。

真是一幅在地球上無法見到的奇幻光景。令我印象深刻的是坐在小巨人小孩肩膀的守寶妖精少年看起來地位最高。

明天就和大家一起在村裡觀光好了。亞里沙她們一定會玩得很開心。

不久後抵達的加工所，就類似一處沒有牆壁只有天花板的工廠。

五顏六色的巨大果實擺放在那裡，小巨人利用大斧和鋸子在進行加工。

我敲了敲附近一顆淺灰色果實，發現傳回鋼鐵般的觸感。一旁的黃色果實則是像椰子一般的硬度，所以好像是依種類而有所不同。

「不行，太硬了。高個子換你來吧。」

「真沒辦法喲。」

正在用斧頭剖開果實的小巨人，這時央求高個子先生幫忙代勞。

這種果實好像很堅固，連高個子先生也被屢屢彈開斧頭陷入苦戰。

「可以讓我也試試看嗎？」

雖然不喜歡出風頭，但這種事情讓我不禁想要體驗一下。

畢竟這個世界有身體強化的魔法，人族拿得動巨大斧頭應該沒什麼好奇怪的。

況且這個村莊的人似乎很少與外界交流，應該不至於傳出去吧。在這個村莊裡，蜜雅和「波爾艾南的靜鈴」還是很有影響力的。

「可能會拿不起來喲？」

「不要緊，我有身體強化的魔法道具。」

詐術技能今天也大顯神威。

我借來巨大的斧頭確認其重量。我的體重很輕，無法完全抵銷斧頭的慣性。

看到牆邊有比較輕一點的薄刃大劍，我於是借來一閃而出。

「哦哦，很厲害喲。第一次看見有人一刀就剖開喲。」

「身手真棒啊。該不會連『堅殼果實』都能剖開吧？」

「可以試試看喲。要是剖開，今晚的宴席就能喝到『堅殼果實』的酒了喲。」

他們口中的「堅殼果實」似乎就是入口附近的那種淺灰色果實。據說就跟鋼鐵一樣堅硬，只有森林巨人用來破殼的器具才能將其打破。

這種「堅殼果實」製成的酒味道濃郁，似乎是酒精濃度很高的一種甜酒。

莫非這就是在庫哈諾伯爵領的賽達姆市所喝到的蒸餾酒「巨人之淚」的原料？

盯著比我還高的果實，我揮出了一劍。

揮出的薄刃劍伴隨劈啪的清脆聲折斷了。

「不好意思——」

「果然『堅殼果實』太勉強了嗎。」

「那是當然啊……」

面對我的道歉，工廠的人們紛紛發出失望之聲。

「……啊，喂，那個！」

一名員工忽然指著「堅殼果實」大叫。

彷彿被這個聲音所催促，果實上方的斷開距離更為加大。

「剖……剖開了啊！」

「好厲害！」

「真……真的齁。佐藤真是個劍術高手齁。」

工廠的人們異口同聲地驚呼和出言稱讚。

我撿起掉落在地的刀刃，接續剛才的道歉繼續補充：

「——劍斷掉了。」

「沒關係齁。斧頭或大劍在剖果實的時候斷掉是家常便飯齁。之後帶酒去鍛冶屋的話，對方就會二話不說幫忙修理了齁。這件事情交給工廠的人就行了齁。」

一派輕鬆的高個子先生這麼鼓勵著我。

我也向工廠的人道過歉，但眾人不但沒有責怪反而不惜報銷其他武器也要拜託我切開其他的「堅殼果實」。

之後直到我切開第三顆的期間，前來看熱鬧的人變得愈來愈多。

∨獲得稱號「街頭藝人」。

在獲得這個稱號之際，一名犬類頭部的女性出現在工廠裡。

「我聽說這裡有位達人，真的可以剖開『堅殼果實』嗎？」

「哦，狗頭人小姐，那裡不是有一堆剖開的外殼嗎？」

「……是……是真的。」

哦──那就是狗頭人嗎？

看起來像皮膚蒼白血色較少的狗頭種族──不對，那個腦袋就彷彿頭套一樣。

「試試看這把劍吧。這是狗頭人所鍛造的青鋼大劍。」

來到我面前的少女彷彿要撲上來般遞出一把彎曲的大劍。

其露出的虎牙如同獠牙。雖然戴著頭套看不見臉龐，但從嘴巴來看是個美女。

我接過對方的劍之後拔出。真是一把漂亮的劍。劍柄附有保護拳頭的護手，刀刃些許弓曲。尺寸長了一點必須雙手持拿，也就是所謂的彎刀。

另外由於是青鋼製成，鋼刃泛著淡淡的藍色。

ＡＲ顯示中其材質名為「鈷合金」。不過所我知道的鈷合金菜刀就和普通的菜刀是同樣的顏色……

嗯，畢竟是異世界的素材，就不要太過吐槽了。

我輕輕空揮以確認青鋼大劍的平衡性。重量就跟普通的鋼劍差不多。

我稍微做了個深呼吸，然後在「堅殼果實」前方舉起青鋼大劍。

雖然使用魔刃技能的話可以在不斷刃的情況下砍斷，但我根據ＡＲ顯示判斷這把劍的性能應該沒有問題，於是就這樣直接劈砍了。

「精彩。」

見到我砍落果實卻未折斷劍刃，狗頭人少女出言稱讚。

「真是一把好劍呢。」

我甩開劍上附著的少許樹汁收回劍鞘，還給少女。

「劍士先生，我看上您的身手想要拜託一件事。希望您能帶我前往矮人們居住的波爾艾哈特或精靈大人們生活的波爾艾南之森。報酬是這把青鋼大劍『蒼牙』。」

少女彷彿在鑽牛角尖般一口氣這麼說出，然後將入鞘的大劍往我這邊遞來。

明明就很重，真是了不起的臂力。

「我可以問一下原因嗎？」

從她的語氣聽來，應該不至於把什麼麻煩的事情帶入精靈之村，但既然有急事的話就不能一起加入我們遊山玩水的路線了吧。

不如從森林巨人那裡借一隻古代雀飛過去還比較快。

在聲稱不方便公開說明的少女帶領下，我和莉薩一起在工廠的後方傾聽理由。

「光靠我們幾人很難抵達波爾艾南之森。這就是要求同行的理由。」

對了，這裡有三名狗頭人吧。似乎是因為她們的等級很低，所以途中需要有保鏢同行。

「妳想去波爾艾南之森找精靈的理由是？」

「這關係到我們狗頭人的存亡問題。」

「存亡？」

「狗頭人的小孩出生時，需要一種叫作青晶的寶石，而我們的礦山已經枯竭了。」

……礦山枯竭嗎？

等等？莫非——

「你們襲擊庫哈諾伯爵領的礦山就是這個原因？」

「是的。一個自稱是穆諾男爵執政官的男人告訴我們，青晶就沉睡在銀山底下。」

——所謂的執政官，不就是魔族嗎？

能不能用地圖來搜尋呢？

在山裡胡亂搜尋一通也很費事，倘若能知道附近出產的礦石就比較容易找了。

「青晶可以在銀礦脈的旁邊採得嗎？」

「不只限於銀礦脈旁邊。不過，倘若是精靈大人或矮人的青銀礦山，應該保證能採得青晶才是。」

青鋼、青銀還有青晶嗎。都是青色呢。

像祕銀短劍那種是綠色的話，想必就是叫綠銀了吧。

「顏色就像那個山樹的樹葉一樣美麗。」

狗頭人指著常綠樹一般的綠色樹葉。

莫非是我對顏色的見解有誤嗎？

我將手繞到長袍後方，拿出儲倉內的祕銀短劍讓她欣賞。

「莫非這個的素材就是所謂的青銀？」

「哦，好漂亮的短劍。是的，能夠呈現這種美麗青綠色的就是青銀。」

也就是說，尋找祕銀的礦脈就行了嗎。

乘這個機會，就在地圖上搜尋一下穆諾男爵領內的眾山吧。

我先試著鎖定距離這個村落最近的山中搜尋，但一無所獲。

看來光碰運氣是找不到的——對了！記得在怨靈堡壘獲得的劣化版萬納背包中應該有礦山候補地的資料才對。

我搜尋一下資料，發現大森林中有類似礦脈候補的記載。

由於範圍較大，我便逐一搜尋，最後在搜尋第三座山時成功發現了祕銀礦脈。

而在這處祕銀礦脈底下的空洞裡，就存在著對方要找的青晶素材。

那麼，該怎麼開口才好呢……

好，這時候仰賴詐術技能吧。

「雖然不知道有沒有青晶，但祕銀的礦脈我倒是有些線索。」

「真……真的嗎！」

「嗯嗯，是個自稱面具隱士的神祕男人透露的。」

我在腳邊的地面上畫出如何前往那座礦脈山的地圖。

「對方是住在這座山裡的隱士。他說自己為了獲得名刀而獨自一個人在山中尋找礦脈。」

「那麼，只要交出這把劍……」

在我的引導下，狗頭人少女開心地站起，但話說到一半忽然停住。

「不，不行。這把劍已經說好要送給您。而且我手邊也只有其他工具而已……」

——真是個一板一眼的傢伙。

「我只是把消息告訴妳而已。要是覺得沒有報酬而過意不去，能不能分我一點青鋼打造的工具就好？」

「那種東西真的可以嗎？」

「嗯嗯，沒有問題。」

告別了聲稱要準備前往山中的少女，我思考著用什麼方法實現剛才所說的內容。

我打算今晚前往那座山中挖出一條通往青晶的坑道。使用「陷阱」魔法的話很快就能完成。

然後在坑道入口蓋一棟小木屋，裡面留下木雕面具和一封轉讓礦脈的信即可。考慮到對方可能不認識希嘉國語的文字，所以就先把祕銀礦石和青晶的實物擺好吧。

今晚似乎有得忙了——

但忙碌的時刻來得比夜晚還要早。

將「堅殼果實」的酒舀出後，我和工廠的人們正用小刀切下內部的果實品嚐味道之際，地面忽然沙沙地晃動起來。

看樣子是前往結界外遠征的巨人「辮子鬍」回來了。

『地精啊，我把許德拉的腦袋帶回來啦。用這個製作解藥吧。』

高達九公尺的巨軀就站在工廠外面。正如他的名字，的確是很壯觀的辮子鬍。

位於工廠旁邊的鍊金術店裡衝出一名小地精。

接著，他在看到巨人放置地面的許德拉腦袋後悲傷地搖搖頭：

「辮子鬍大人，這個腦袋是不能用的。最重要的毒腺已經毀掉，用來作為素材的毒液都流光了……」

『你說什麼！』

面對巨人的無理取鬧，地精害怕得顫抖全身。村裡的人們也遭受無妄之災，被憤怒的咆哮聲弄得渾身發抖。

莉薩眼看就快站不住的樣子，我於是將她夾在手臂下。

我迅速檢查了一下儲倉內的許德拉腦袋。

不行，頭部都被我粉碎，所以沒有留下毒腺。

——不，現在放棄還太早。畢竟問題出在毒性。

「地精先生，請問您有『黑歪石』嗎？」

「像那種用途稀少的素材我可沒有。雖然不知道你是誰，不過我正在忙。」

果然沒有嗎。

「劍士先生，我家裡有哦。」

這麼聲稱的守寶妖精男人返回自己的家中拿取。周遭的人告訴我，他是個負責尋找寶石礦脈的尋礦師。

「地精先生。我叫佐藤，是正在高個子先生家中作客的旅行商人。我手裡有『龍白石』和『蛇血石』。等剛才那位守寶妖精先生拿來『黑歪石』之後，應該就可以製作『萬能解毒藥』了吧。」

我笑著這麼說道，但地精的臉色依然很難看。

「抱歉，我無法做出像『萬能解毒藥』那種高級的藥劑。要是我的老師應該就會了……」

這真是出乎意料。想不到竟然不會製作。

沒辦法，我可不忍心讓孩子們痛苦地等到再次取回許德拉腦袋的那個時候。

「——那麼我來製作吧。別看我這樣，好歹受過『幻想之森』魔女閣下的薰陶，必定可以順利完成的。」

之後，我從守寶妖精男人那裡收下滿滿一大袋的「黑歪石」，然後遞出三瓶中級的體力回復藥作為報酬。明明就從事尋礦師的職業，真是個清心寡欲的男人。

我借用鍊金術店的設備，順利完成了三個小木桶的「萬能解毒藥」。以小木桶為單位是由於森林巨人體積龐大的緣故。

我和莉薩兩人坐在辮子鬍的肩膀上一起前往山樹。

即使對方是慢慢行走，但由於步伐很大所以速度和汽車差不多。

怕高的莉薩在移動中緊緊抓著我不放，實在是很可愛。這就大概就是所謂的反差萌吧。

往山樹移動的途中遇到果實掉落，辮子鬍卻只是隨意將其撥開。真不愧是巨人。

回到森林巨人的居住區，辮子鬍立刻通知石鎚等人已經獲得解毒藥，然後前往孩子們的房間。

其後方還跟著石鎚他們所有人。

或許是地面的震動太過劇烈，在森林巨人居住區工作的棕精靈們統統在地面滾來滾去。

『這是藥。讓他們喝下。』

『那位人族是？』

『我讓他製作解毒藥。』

『人族的藥……』

要讓孩子喝下一個陌生人製作的藥，身為母親似乎很不願意的樣子。

『這位佐藤先生是精靈蜜雅大人的隨從。妳可以相信他。』

石鎚這麼保證道，但這些母親還是面帶猶豫。

『既然如此，我先來試試看有沒有毒吧。』

我這麼告知，然後從小木桶裡舀起一小瓶的藥水喝下。

對方見狀後或許是終於相信，於是讓孩子們喝下小木桶裡的藥。儘管是小孩子，身高卻有五公尺以上，真是驚人的尺寸。

喝完藥之後，孩子們精疲力盡地躺在床上。

應該治好了才對，但狀態裡的中毒字樣卻未解除。

望著孩子們的這些森林巨人當中瀰漫著一股失望的沉默。

……真奇怪，藥本身應該很成功才是。

彷彿在回答我的疑問，孩子們的呼吸漸漸穩定，表情也變得安詳起來。

看來大概是體積太大或中了慢性毒的緣故，藥效需要一段時間才能夠發揮。

AR顯示中，他們的狀態從「中毒／許德拉【慢性】」變成「睡眠」了。

可能是長期中毒使得身體變得虛弱，孩子們直接就這樣睡著了。

繼我之後，房間裡看似主治醫師的地精也利用人物鑑定技能確認孩子們已經解除中毒狀態。

森林巨人的母親們紛紛上前擁抱和親吻以表達感謝，但實在沒想到身材上的差距竟會這麼讓我吃不消。

不僅全身黏答答，比卡麗娜小姐大好幾倍的胸部也讓我差點要窒息。與其說覺得高興，我的感想只有拿來午睡的話似乎會很舒服。

∨獲得稱號「巨人之友」。

森林巨人們冷靜下來後，族長身分的石鎚向我表達感謝之意：

『感謝你的貢獻。倘若有什麼要求儘管開口吧。只要是我們能做到的話。』

這個瞬間我腦中浮現卡麗娜小姐的臉龐，但還是放棄這麼要求。

要拜託僅有十人的巨人們前往人族的都市驅除魔族實在很過意不去。與其這樣，還不如我戴著銀面具前往消滅對方比較合適。

『我朋友的故鄉有魔族橫行――』

『好吧，我們就為你專程前往和魔族作戰。』

我才說到一半，辮子鬍就這麼把事情攬下。族長石鎚露出不悅的表情。

『不，以代價來說這樣未免太過分了。倘若有什麼可以削弱魔族力量的魔法道具或是能與之戰鬥的武器，能不能借我一用呢？』

『既然這樣，有個不錯的東西。就是從前孚魯帝國製作的「封魔之鈴」。據說搖動一下就可揭穿魔族的真面目，暫時削弱魔族的力量。』

很棒的物品。簡直可說是專為卡麗娜小姐設計的道具。

孚魯帝國這個名稱以前聽說過，確認儲倉後發現在龍之谷的戰利品中有各種該帝國發行的貨幣。和老人軍團口中聽到的歐克帝國似乎是不同國家。

地精們推著滿載有手搖鈴和魔法武器的兩台推車過來。

武器有劍、槍、斧、弓四種。ＡＲ顯示告訴我每樣武器的性能都是傲人的利器。

在這當中，和手搖鈴同一個推車被運來的巨劍、大斧和長弓三樣武器雖然還比不上儲倉內的各種聖劍，但相較於其他武器卻擁有無與倫比的性能。

『挑選一下你喜歡的武器吧。雖然不能全部給你，但無論哪一樣應該都能幫上你的忙才對。』

嗯，巨劍比不上儲倉內的聖劍，大斧又不合我的胃口。乾脆選擇可以確保遠距離物理攻擊手段的長弓好了。

『那麼，就選那把朱紅色的長弓——』

『你選了這個嗎……』

石鎚感慨萬千地唸道。

「當年獻上這把魔弓的守寶妖精一族魔法劍士表示，這個是在迷宮裡打倒名為『樓層之主』的強大魔物之後所獲得的。」

他敘述著魔弓的由來，同時從推車裡拿出魔弓並用指甲靈活地拉弦。

原來是迷宮裡的戰利品嗎。難怪性能會如此之高。

『這把魔弓可以貫穿好幾里外的岩石，其威力甚至就連龍鱗也能擊傷——』

石鎚用指甲彈起魔弓的弓弦，一陣神祕的聲響隨之傳來。

『所以，對使用者的要求也很高。』

換上期待的目光注視著我，石鎚一邊向我遞出魔弓。

『小小人族佐藤啊。你就拉拉看這把長弓吧。』

我接過裝飾過度的魔弓。以朱紅色的魔法金屬日緋色金製作的這把弓，上面裝有散發金色光輝的奧利哈鋼製弓弦。

試著輕輕拉動後，出乎意料的抵抗力令我驚訝。

我站直身子認真重拉一次。原本擔心弓弦會不會被我拉斷，但這是多慮了。

我拉滿魔弓之後空放，巨人們和一旁的那些侍從立刻發出鼓譟聲。

＞獲得稱號「強弓的射手」。

＞獲得稱號「魔彈的射手」。

＞獲得稱號「魔弓之主」。

『精彩！——從現在起，這把魔弓就是你的了。』

『我會小心翼翼地保管的。』

石鎚心滿意足地點點頭，然後指著魔弓：

『魔弓似乎也認同你為新主人了。』

我並沒有把石鎚的話當真，不過總覺得魔弓表面的紋樣變得更鮮明了。

『真有一套啊，佐藤。你或許用了肌肉強化系的技能，但這七百年來除了巨人族以外，你還是第一個拉開這把魔弓的人。』

『想不到除了我們巨人還有其他人拉得開。』

其他巨人們也換上豪爽的笑容稱讚我。

這時候，小巨人們也搬來慶祝孩子們康復的酒桶，現場立刻轉變為宴會的氣氛。

『今晚就舉辦宴席。招待村裡的人大肆慶祝一番！』

『『『是！』』』

孩子們康復有這麼令人高興嗎？巨人們慶祝的標準真是奇怪。

明明是臨時舉辦的宴會，村裡卻陸續送來料理，參加者也到場。

卡麗娜小姐不參加，但我家那些孩子則是由白指女士帶來現場。

我們坐在巨人旁邊的主賓席參加宴會。在尺寸大得離譜的肉類料理及果實的包圍之下，我們懷著彷彿被縮小的心情享受著宴席。

最令我印象深刻的是，小玉和波奇笑容滿面地大口咬著體積比自己還大的肉。

或許是看了之後很羨慕，在我離席的期間其他孩子也大口咬肉彼此嘻笑著。

當然我也跟著一起大口咬下，引得周遭眾人大笑。偶爾放鬆一下也很不錯。

至於蜜雅和亞里沙探出身子準備挖取巨大果實的果肉，結果就這樣噗通一聲陷入積累至果實一半高度的果汁裡差點溺水。類似這種規模宏大的意外事件也發生在宴席之上。

我半開玩笑地向森林巨人表示想索取果實當作禮物，結果對方爽快同意了。

他們或許也是喝醉，還笑著說可以把古老雀所在處附近的果實拿走一半。

我想對方大概是在說笑，但有一半應該是真心話。

我一手抱著在賽達姆市購買的高級酒木桶與各類種族的人進行交流。

這段期間我獲得了鳥人族語技能和豹頭族語技能，也得知他們的出身地是位於大陸東方的那些小國。

這時候，從事捕魚工作的鼬人族矮小男人表示願意出讓一條多餘的船，所以回程時應該可以欣賞到從湖裡出發的河岸景色了。

取得船的代價是希望我討伐出沒於結界外湖面，全長二十公尺的魔物「湖蛇」。透過地圖調查，發現只是等級二十左右的小嘍囉，就算打倒也不必擔心實力曝光，所以我就接受對方的委託了。

船本身似乎需要三天的時間維護，所以我們決定在這之前好好在村裡觀光。

宴會結束後，我拜託樹精將我傳送至山樹的頂端，挑選那些即將熟透掉落的果實採收了一半左右的數量。

從山樹頂端來到大約三分之二的高度時，我忽然想起狗頭人要挖礦脈的事情。

「樹精妳在嗎？」

我敲敲山樹的樹幹後，綠色的全裸小女孩便出現在樹幹上。

「什麼事～？」

「不好意思，我想請妳幫忙把我轉移至附近的山裡。」

「好啊～不過要收取報酬哦～」

我指著存在礦脈的那座山，樹精很痛快地答應了。

當然，每次提供用來轉移的魔力時都要被親吻一次，不過因為酒精的作用使得我對此不是很在意。

那麼，正題回到挖礦脈上。光是用原本計畫中的「陷阱」魔法很難辦到。

中途碰到的石頭和岩石無法被「陷阱」挖空。

於是我將石頭回收至儲倉，岩盤則是利用「魔法箭」或聖劍進行挖掘。

>獲得技能「採掘」。

>獲得稱號「尋礦師」。

>獲得稱號「礦工」。

>獲得稱號「礦山技師」。

因為有新的技能輔助，我想出了用手邊的魔法和道具進行挖掘的最佳方式。

為防止崩塌我先妥善錯開挖洞位置，將圓筒部分呈螺旋狀排列逐一下挖，至於縱向的圓筒邊緣則是用戰鎚鑿出可供攀爬的洞。

之後就反覆進行這個流程。

在挖掘途中我發現了祕銀礦石、銀礦石以及含有鈷的礦石。最後那種礦石似乎具有毒性，除了擁有毒抗性的我之外其他人必須留意。

一個小時後，我成功挖通了存在青晶的空洞。

而挖穿的空洞中我所見到的是——

「這個就是青晶嗎……真漂亮。」

眼前幻想般的光景令我不禁這麼喃喃自語。

我曾經在電視台的特別節目看過洞窟裡有水晶原，但這種青晶並非反射光線而是自行在散發藍色光輝。

——不，發光的並不是青晶。

我回收一塊青晶，然後採集其下方發出白光的光石。將這種光石搗碎後可以加工為光粒。光粒是用於照明系魔法道具的近似ＬＥＤ素材。

這樣的地底下為何會存在光石，我不得而知。

我手邊的魔法道具相關資料中，明明記載它只會存在於日照良好的深山裡……

算了，這方面的矛盾就交給學者們去研究吧。

儘管出現了額外的收穫，但我在確認此行要找的東西後依然用做了記號的大石頭堵住空洞入口。因為這時我才想到，外界空氣的湧入或許可能會導致青晶劣化。

回到地面後，我在坑道的入口處建起一棟小木屋。

靠著龐大的力量值、砍伐技能還有可以隨意切割的聖劍「王者之劍」，我花不到五分鐘就備齊材料。當然，能夠準備好建材都是拜儲倉的搬運能力所賜。

憑藉新獲得的木工技能這種與建築技能重疊的技能，我僅用一個小時就完成小木屋。作弊也該有個限度吧。

我將賽達姆市購買的桌子放在小屋裡，上面擺著畫有和洞窟入口記號相同圖案的紙張，然後用青晶和祕銀礦石當作紙鎮放好。

這座山的周圍似乎沒有人居住，所以我將砍下來的樹木堆在一起燃燒以便讓狗頭人找到這裡。當然，我也做了防止延燒的措施。

◆

「早安。很少看到主人一臉睡意的樣子呢。」

「早安，露露。我只是有點事情忙到天亮而已。」

來到穆諾男爵領的第二十天早晨，我帶著若無其事的表情返回山樹的宴會場地後，迎接我的是露露充滿活力的笑容。大概是昨天的宴會玩得很開心，那美妙的笑容讓我整晚的睡意都煙消雲散了。

我和村裡的人如今都在昨天的宴會場地裡。目的是為了享用昨天剩下的美食當作早餐。

「主人，您辛苦了。來杯黃橙果實的果汁如何？」

「謝謝妳，露露。」

我喝著露露遞來的山樹果實汁。

味道清爽又好喝。

這時候，盤子裡夾了一堆料理的年少組回來了。

「忙到天亮……該……該不會是跟巨人族的大姊姊在做色色的事情吧？」

「姆，不知羞恥。」

剛才明明就告訴露露一樣的內容，為何會被她們曲解呢。

「我可沒做什麼見不得人的事哦。純粹是正常的肉體勞動而已。」

我輕鬆化解這些沒有根據的指控。

包括村裡的果實掉落問題和狗頭人族生產問題的對策，我昨天可是為世人做出了許多的努力，真是好心沒有好報。

「佐……佐藤。」

聽見呼喚我的聲音，回頭一望，竟是氣色比昨天好了許多的卡麗娜小姐站在那裡。大概是白指女士帶她過來的吧。

她握著雙手站在我面前，平靜地開始講述。睡了一晚之後她似乎冷靜許多。

「在那之後我和拉卡先生兩人商量過，但怎麼樣也無法得知他們想要的是什麼。所以——」

說著，她初次展露出凜然的表情對上我的目光。

「我希望和『石鎚』大人對話。如果森林巨人們想要外面世界的東西，我會試著以其作為代價請他們幫忙消滅魔族。一定有什麼可以吸引他們才對。」

帶著一掃陰霾的表情，卡麗娜小姐向我這麼宣告。

『正是如此，卡麗娜小姐。只要不放棄就一定會有希望。』

面對卡麗娜小姐的這番決心，拉卡在一旁鼓勵著。

……對了，因為她昨天不在，所以孩子們中毒和鈴鐺的事都還不知情嗎？

我那些知道這方面事情的孩子們，表情中帶著一種說不出的尷尬。

亞里沙用眼神詢問「你還沒講嗎？」，我則如她所想地搖搖頭回答「還沒說」。

「所以，我想請你幫我收集情報。」

——啊，又換回「你」這個稱呼了。剛才的佐藤算什麼？

『佐藤先生既然是旅行商人，想必很善於跟人打成一片吧。』

雖然對於想要積極採取行動的卡麗娜小姐潑冷水不太妥當，但我為了享用美味的早餐還是實話實說好了。

「關於這件事情，其實昨天——」

這時，森林巨人的孩子們伴隨咚咚的腳步聲走來。

『佐藤。』

『人族的佐藤。』

『『『謝謝你。』』』

僅僅一晚就康復了嗎？森林巨人的孩子們紛紛向我道謝或是將我輕輕抓起磨蹭臉頰。

倘若不是我，這種怪力之下大概早就斷了幾根肋骨。不過既然只是有點痛苦，我也就任由他們處置了。

就這樣一直持續到森林巨人的母親們前來，急急忙忙地將我放開為止。

「——你……你們的感情變得很好呢。」

見到我和孩子們之間的肢體接觸，卡麗娜小姐傾頭不解道。

於是我依序向她進行說明。聽完我的解釋後，卡麗娜小姐就如同孟克的畫作一般大叫出來引人側目。

闡明一切後我們終於下心中大石，將卡麗娜小姐喜怨交加的複雜控訴當作耳邊風專心享用早餐。

而早餐過後，我和卡麗娜小姐進行了這樣的對話。

「我說，無論任何事情你為何都能輕易辦到呢？」

「純粹運氣好罷了。我碰巧帶著他們需要的藥品，在被問到用什麼交換的時候，我就要求了一樣對卡麗娜小姐妳很有幫助的東西。」

我將「封魔之鈴」遞給卡麗娜小姐一邊這麼說道。

濕了眼眸的卡麗娜小姐則是將「封魔之鈴」連同我的手一併緊緊握住。

「穆諾男爵領該如何報答你才好呢？是爵位？還是——」

卡麗娜小姐的臉龐靠來。

「亞里沙，鐵壁防禦。」

「嗯，鐵壁。」

搶在這之前亞里沙和蜜雅兩人組就闖了進來，將卡麗娜小姐和我分開。

「主人，你們靠得太近了。」

「主人，詢問下一個任務。」

然後是露露和娜娜拉著我的手。

娜娜面無表情，但露露或許是嫉妒卡麗娜小姐，那鼓起臉頰的罕見模樣實在可愛極了。真想用沉睡在儲倉裡的折疊手機拍下，但這方面還是先自重吧。

心想其他人為何會如此安靜，我回頭一看竟是莉薩雙手抱著小玉和波奇正在待命中。

那麼，我的確應該給卡麗娜小姐一個回答，不過報酬的話……

要獲得爵位成為貴族也很麻煩，最實用的還是像庫哈諾伯爵那樣允許我購買領內的魔法卷軸。

倘若維持在原來世界的年齡，搞不好我真的會選擇將卡麗娜小姐這樣的魔乳美女娶為老婆並成為貴族的安定路線吧。

不過難得變年輕，我還是希望選擇遊覽世界各地的名勝及探索異世界的祕境。

「這個嘛，『封魔之鈴』的報酬我會直接向男爵大人提出要求的。」

聽我回答後，卡麗娜小姐喃喃唸著「直接」二字，然後吞了吞口水如同蚊子一般用細不可聞的聲音做出「知……知道了。我也會做好心理準備」這番詭異宣言。

她好像誤會了什麼的樣子，不過等見到男爵之後再來澄清會比較好吧。

我轉身望向大家，宣布恢復我們原本的行動。

「那麼，我們出發去參觀整個村子吧。」

我向希望早一點帶著手搖鈴回去打倒魔族的卡麗娜小姐透露昨晚找到一艘船的事實，然

後說明等待船整理好順流而下會比坐馬車還快，藉此將我們觀光的行為正當化。

畢竟要是現在回去，就枉費我們辛辛苦苦來到這個地方了。

在我們意氣風發地啟程之後，這才發現完全忘記村裡沒有半個人。

無奈之下只好改變觀光目的，騎馬靠近一群獨角獸還有遠遠欣賞著捻角獸。

根據傳說，獨角獸只會讓純潔的少女觸摸，但被我摸了之後對方卻並不排斥。

只不過正如傳說中那樣，是個性情古怪的幻獸，最後能坐在牠背上的只有我和蜜雅兩人而已。

捻角獸是擁有像聖劍朱路拉霍恩那樣扭曲的角，外觀如同一隻純白山羊的生物。

牠的戒心比獨角獸更強，甚至我們來到眼尖的波奇和小玉僅能勉強目視的距離就會逃跑了。

這種捻角獸擁有「短距離轉移」和「飛行」等種族固有能力，所以大概不可能靠近了。

從隔天開始，我們在船整理完畢的兩天期間內把時間統統花在村裡的觀光上。

眾人造訪加工山樹果實外皮的工廠實際體驗如何加工纖維，然後向對方索取一些使用了最初看到的「彈跳果實」橡膠般具有彈力的纖維所製成的紗線，和亞里沙一起將內衣和襪子進化成現代風格。

另外我還用「堅殼果實」的外皮和許德拉的皮試著製作了防具。無論哪一種都很輕巧，抗衡擊和防刃的性能也相當出色，所以不光是前鋒，我包括後衛的份也一起製作了。

我給後衛的防具是看似緊身衣的內衣，但防禦力是普通皮甲的好幾倍，萬一遭到攻擊時有足夠的保障。

順帶一提，前鋒的鎧甲甚至比金屬甲冑的防禦力還高。

在觀光的這兩天時間裡，穆諾市周邊的狀況出現了些許變化。

來到穆諾男爵領第二十二天的早晨進行定期確認時，我發現穆諾市有一千五百名領軍出擊了。

數量乍看很少，但從領內的人口考量算是異常的數字。

領軍由被附身的其中一名騎士率領。或許是會使用精神魔法的分體附在這名騎士身上的緣故，從軍的士兵們都陷入「激動」狀態。

從行軍方向推斷，目的似乎是為了討伐在大森林遺跡中建立據點的大型盜賊團七百人。

話雖如此，比起被討伐的盜賊，領軍士兵當中賞罰欄被刻上罪行的人反而比較多，因此很難判斷哪一方才是壞人。

而到了隔天，來到穆諾男爵領的第二十三天早晨。

結束每天的詠唱練習後我照舊確認魔族的狀態，結果發現了一件奇妙的事情。

魔族的分體出現在大森林深處的哥布林聚落裡，但其周邊的哥布林數量卻相當詭異。

十天前的總數才七百五十隻，如今卻是這個數字的二十倍以上。再怎麼說也增加太多了——是加波瓜嗎？說到這個，之前看到有個城鎮專門在量產加波瓜。

這種加波瓜原本就是在研究哥布林異常繁殖原因時所發現的蔬菜。

倘若魔族在暗中活躍是為了繁殖哥布林，這個數量就不足為奇了。

這些哥布林如今開始朝穆諾市移動，漸漸聚集形成三個大集團。

而原本要保護穆諾市的領軍正在大森林深處的大型盜賊團據點裡戰鬥中。

躲在山中堡壘的老人軍團和小孩子從地理位置來看應該不要緊，但穆諾市周邊的村落大概就會遭殃了。

加上促使繁殖的元凶很可能是魔族，所以有城牆保護的穆諾市能否平安無事還是未知數。

留在市內的士兵僅有不到一百名。畢竟穆諾市裡有卡麗娜小姐的家人，看來我們最好還是趕快前往穆諾市告知這場危機吧。

穆諾市防線

「我是佐藤。小時候流行超能力的時候，我最想要的就是瞬間移動。自己使用時相當便利，但敵人使用的話似乎沒有什麼能力比這個更為棘手了。」

「樹精，拜託妳了。」

今天早上察覺籠罩穆諾市的異狀後，我緊急讓大家換上新裝備和做好出發準備，然後向照顧我們的村裡人和森林巨人匆匆道別，來到了樹精製作的「妖精之環」當中。

由於不希望每次都讓大家看到我跟小女孩接吻，所以就搶先轉讓了魔力。

「好～要出發了哦～」

伴隨樹精懶散地回答，我們從山樹當中的「妖精之環」被轉移至穆諾市附近的森林邊緣。

十天的旅程在一瞬間完成。儘管好像有些限制，但樹精的轉移魔法實在很方便。

不惜犯下與小女孩接吻的禁忌也要使用轉移，其便利性大概可以媲美危險藥物的成癮性了吧。

我安撫著被轉移嚇到的馬，然後確認地圖。

從這裡到穆諾市的外牆有五公里的直線距離，中間是已經收割完畢的廣大耕地。

位於另外一端的穆諾市，規模比起我來到這個世界最初造訪的聖留市大了一倍，但人口卻不足聖留市的一半。

從都市中央往東南方有座稍高的山丘，穆諾城就建造於這座山丘上。城堡被三道城牆團團圍住，其占地超過整個都市面積的三成。

在確認都市地理的同時，我再度調查魔族的位置。

魔族的本體等級已經降至二十六級。由於增加的分體不會自動標上記號，所以確認魔族本體的等級是有必要的。

從等級的變化計算，除了執政官和附身於騎士的，看來還額外增加了十一具分體。

其中一具正在往領地的西南方移動。

從方向來看，似乎正朝著許德拉的群居地而去。其目的很有可能是要利用許德拉進行MPK——唆使魔物展開屠殺。

嗯，食材增加我倒是很歡迎，畢竟許德拉的肉那麼美味。

至於剩下的十具分體不知在盤算什麼，目前正處於從外側包圍領軍的位置上。

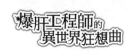

領軍和大型盜賊團似乎已經開始戰鬥，人數比今天早上確認時有所減少。

我在短短數秒內確認這些事項，然後關上地圖。

「這……這裡是？」

「是穆諾市附近的森林哦。妳看，那片樹林對面可以見到穆諾市的外牆吧？」

聽到我的話，不光是卡麗娜小姐，其他孩子們也從馬上望向我所指示的方向。

「真……真的呢……我說，你究竟是何方神聖？」

「只是普通的旅行商人哦。剛才是好心的樹精送我們過來罷了。」

我向訝異詢問的卡麗娜小姐聳聳肩膀這麼回答。

「先別管這個。既然樹精特地讓我們走了捷徑，這就往穆諾市出發吧。」

「是……是的。你說得沒有錯。走吧，大家請跟我來。」

卡麗娜小姐氣勢十足地調轉馬首往森林外奔去。

「卡麗娜，等等～？」

「不可以獨斷獨行喲！」

在對方的行動影響下，小玉和波奇彷彿在詢問般回頭望向我。

「我們也走吧。」

我向等待命令的眾人這麼出聲，然後追著卡麗娜小姐他們的身後讓馬馳騁。

老實說，我實在不想帶我家那些孩子前往魔族肆虐的地方，但山樹之村會被許德拉入侵，頭頂還會掉落巨大的果實，所以也稱不上安全的場所。特別是許德拉入侵一事好像涉及到魔族，把她們留在村裡只會讓我更加擔心。

既然在哪個地方都一樣危險，不如就安置在我身邊較為安全。

不知是察覺哥布林的大量出現，抑或是領軍前往討伐森林裡的大型盜賊團後導致市內空虛，穆諾市的大門如今正緊閉著。

『開門！這位可是穆諾男爵的千金，卡麗娜．穆諾小姐！趕快把門打開！』

催促城牆上士兵開門的並非卡麗娜小姐，而是拉卡。

卡麗娜小姐個性怕生又有男性恐懼症，所以大概不敢向體格壯碩的士兵喊話吧。

等待十分鐘之後，對方終於有動作了。

正門旁的鋼鐵製通行門開啟，許多士兵一塊跑到外頭。通行門的後方還可以見到武裝後的士兵們。

看來對方相當戒備。

「男爵千金？先拿出可以證明身分的東西吧。」

一名大鬍子的中年士兵眼中滿是懷疑地向卡麗娜小姐這麼要求。

「證明身分？」

「沒錯，像我們這種基層的士兵根本不認得男爵大人的家人長相。拿出刻有家徽的戒指或短劍讓我瞧瞧。」

卡麗娜小姐對於中年士兵的要求不滿地唸道：「真是神氣。」但或許是害怕這名中年男性，她轉而躲在我身後。

「卡麗娜小姐，妳身上有攜帶嗎？」

「既然這樣，這件外套的金屬釦就是了。」

卡麗娜小姐解下金屬釦之後遞給我。失去扣具的外套前方敞開，隱約可以見到被禮服所包覆的魔乳。

士兵們見狀紛紛開始鼓譟。當然，其目光都集中在同一個地方。

果然是擁有魔性之乳的女人。真可謂驚人的影響力。

「衛兵先生，這樣可以了嗎？」

「……這……這是——」

見到金屬釦上面的紋章，中年士兵結結巴巴地跪下乞求原諒。

「請……請務必饒恕我剛才的無禮舉動——」

卡麗娜小姐輕聲說了一句：「原諒你。」然後從我手中接過金屬釦。

魔乳再度藏於外套底下，周圍的士兵們發出失望的嘆息聲。

在中年士兵的開路下，我們牽著馬進入通行門。

穆諾市的門前廣場相當大，有普通學校的操場那麼寬敞。廣場中央乾涸的噴水池正中間安放有手持法杖和劍，跨下騎著一條龍的甲冑騎士雕像。

廣場的西側聚集了看似不富裕的人們，似乎正在傾聽某人的演講。

「——魔王就快復活了！想要跨越毀滅的時刻在新的世界裡享受生命，就和我們一起敲響自由的門戶吧。這才是從『魔王的季節』存活下來的唯一手段——」

我的「順風耳」捕捉到這番聳動的內容。

倘若是原本的世界還會以為是街頭表演或演員在做練習，但在這裡就很有可能會被視為對領主的叛亂。

我向表情很不快地瞪著那裡的一名士兵詢問此事。

「那個集會是——」

「嗯嗯，是名叫『自由之翼』的魔王信徒們。」

噁！居然還有魔王信仰嗎？原本的世界裡在上個世紀末似乎還流行著末日思想，這方面感覺換了另一個世界也差不多呢。

「這樣沒有問題嗎？」

「他們並未做什麼壞事，也沒有實際的危害……」

士兵顯得很難以啟齒。

其身後的另一個士兵則是不吐不快地解釋道：

「主要是執政官大人吩咐過，就算看到了也不能出手制止。」

「——執政官大人？」

既然是魔族的執政官，也難怪會允許魔王信仰了。

「他說王祖大人在建國之際就允許國民擁有『信仰的自由』。」

王祖大和是日本人的嫌疑一口氣加深了。

「嗯，不過那只是藉口，真正原因在於那個演說的人是公爵領某個有權勢商人的敗家子。」

原來如此，由於平時很少有商人會前來景氣不佳的穆諾市，看來真的很有可能是出於這個原因。

為保險起見我事先確認，結果敗家子和他的同伴們都沒有狀態異常。

雖然覺得應該做一下標記，但很可能會影響到我搜尋魔族所以還是免了。在搜尋關鍵字裡加上「自由之翼」以便隨時可以調查就行了。

我們在六名士兵的前後保護下前往城堡。

這個都市的主大街是一條寬達十公尺的氣派大道，但左右店鋪不是關門就是存在許多空地，與其說是大都市實際上更給人一種寂寥的印象。

「莫非那座山丘上全都是城堡？」

「是的，亞里沙。光是這座穆諾城的面積，僅次於王城和公都裡的城堡哦。」

山丘上可見的穆諾城就像亞里沙和卡麗娜小姐的對話那樣十分廣大。儘管已經透過地圖確認，但從山丘下仰望，感覺比想像中更為巨大。

我們進入城門，沿著九拐十八彎一般的斜坡前進。斜坡的峽谷側建有附帶槍眼的矮牆，遭到攻擊時大概可以在此配置弓兵抵禦入侵者吧。

穿過第二道城牆後，我們這次進入了以高三公尺的牆壁劃分無數個三十公尺見方的大房間相連在一起的區域。

由於視野不良再加上同樣造型的大房間如同迷宮連接在一起，可以用來讓入侵者喪失方向感。

這裡還看不到城堡的主棟，所以在城中值勤的士兵要是無法熟悉的話可能會導致有人遇難。

穿過大房間相連的區域後，我們來到足以供萬名士兵駐紮的寬廣空間。邊緣處建造了好幾棟看似兵舍的建築物。

接著越過空渠，穿過第三道城牆後終於可以見到穆諾城主棟的全貌。

實物感覺起來比地圖中所見的數字要更為龐大，具有被震懾一般的威迫感。

不過——就是稍微破爛了點。

原本應該是用白色石頭砌成的美麗城堡，但爬滿藤蔓的外牆有一部分崩塌，出現裂痕的地方也很多。另外，更留有無數彷彿被燒焦的痕跡。

這恐怕是和「不死王」賽恩的軍隊交戰所遺留的痕跡。

「主人，請看那個。」

莉薩所指的是座落於城堡四方高塔其中一座的「魔砲」。

根據姥捨川的老人軍團所述，應該是被賽恩破壞了才對。或許是魔族執政官將其修復，從下面仰望的話看起來可以正常使用。

之前在怨靈出沒的堡壘遺跡地下寶物殿裡，我和莉薩發現的「魔砲」就和眼前一模一樣。

「莉薩妳知道『魔砲』嗎？父親當上領主的時候曾經將其拆除，但執政官為了維持治安又再度設置了這個虛有其表的東西。」

「虛有其表的東西——是壞掉了嗎？」

『嗯，我們曾經前往調查過是否能用來打倒魔族，結果發現控制裝置都被整個拔除了。恐怕是遭到「闇黑魔法」或「空間魔法」的破壞吧。』

拉卡代替卡麗娜小姐這麼回答。

倘若破壞的人是「不死王」賽恩，想必應該是用了「影魔法」吧。

原來如此，他當初在聖留市裡隨心所欲地施展影鞭，其實那還算是手下留情了嗎？

「你不是有辦法可以修好嗎？」

「不可能。」

卡麗娜用滿懷期待的眼神詢問，但我對此斷然否定。

資料和技能都足夠，不過並沒有用於修理的器材和設備。況且，修理一具可能會用來攻擊民眾的大量破壞兵器，要是被拿來用於戰爭的話就讓我睡不安穩了。

我們到達主棟的正門之際，已經有數名身穿不起眼藍色連衣裙的女僕在等著了。大概是剛才目睹的士兵通報的吧。

「卡麗娜小姐！幸虧您平安無事！」

「我回來了，碧娜。」

一名整體看來苗條的女僕抱著卡麗娜小姐祝賀重逢。

一個傭人當著客人的面抱著主人雖然很有問題，不過這裡並沒有人在意這點小事，所以應該不要緊吧。

就在關注著她們的模樣之際，有些坐立不安的小玉拉扯我的外套向上望來。

「怎麼了嗎？」

「姆～腳下怪怪的～？」

面對我的問題，小玉望著地面這麼喃喃說道。

「回去吧～？」

「小玉，不可以讓主人傷腦筋。」

莉薩這麼告誡後，小玉抱住莉薩的腿不斷用臉摩擦著。

我的察覺危機技能和察覺陷阱技能沒有任何反應，小玉究竟是在害怕什麼？

確認地圖後，我發現魔族執政官在一處看似地下牢房的場所。

小玉恐怕是感覺到這傢伙的存在才會害怕吧？不知是野生的直覺或索敵技能的作用，但還真是不簡單。

過了好一會，女僕碧娜才在看似部下的女僕戳了戳身體後想起我們的存在。她為自己的無禮賠罪，然後帶領我們前往穆諾男爵所在的樓上私人房間。

我們被帶入的私人房間裡有高聳的天花板，寬闊得足以用來舉辦舞會。

不過內部相當空曠，屏風和家具用品擺放在內部的一個角落處，就像是房間當中的小房間一樣。或許是房間太大會覺得坐立不安吧。

接近那個角落後，屏風對面可見男爵等人的身影。黑髮小鬍子的微胖中年男人、容貌酷似卡麗娜小姐的黑髮碧眼美女，還有年約二十歲看來十分爽朗的帥哥，三人坐在沙發上。

他們應該分別是男爵、長女以及冒牌勇者吧。

「父親、姊姊，我回來了。」

「卡……卡麗娜？」

或許是沒有接獲卡麗娜小姐回來的消息，聽到聲音的男爵驚訝得從沙發上跳起。

大概是相當操心，那看起來頗為和藹的胖臉在眼窩處凹陷並帶著黑眼圈。

「卡麗娜——！」

男爵雙腳打結，仍連滾帶爬地衝到卡麗娜小姐身邊。

另一方面，長女則是很含蓄地「哎呀呀」驚訝道，然後讓帥哥冒牌勇者扶著手從沙發上起身往這邊走來。

不愧是姊妹，她同樣每走一步就波濤洶湧。

對方有一雙微微下垂的眼眸，二十四歲單身。這個世界普遍應該早婚才對，以貴族千金來說真是有些稀奇。

如此的美貌加上僅次於卡麗娜小姐的爆乳居然至今都沒有人追求，想必周遭的男人都瞎了眼吧。

無關於我這番邪惡的視線，卡麗娜小姐和男爵正為彼此的重逢感到喜悅。

「妳……妳平安無事真是太好了！」

男爵緊抱著卡麗娜小姐嚎啕大哭。

「歡迎回來，卡麗娜。」

「索露娜姊姊。」

遲一些過來的索露娜小姐輕輕擁抱兩人，然後撫摸著卡麗娜小姐的頭髮，用充滿慈愛的聲音溫柔告誡：

「自從妳失蹤後，父親晚上都睡不著，一直在為妳擔心哦。」

「……對不起，父親。」

卡麗娜小姐非常愧疚地向男爵道歉。

在這三人的後方，冒牌勇者則是微微環抱雙臂「嗯嗯」地點著頭。察覺我的目光後，帥哥向這邊眨起一隻眼睛。看來這個世界在使眼色的動作都是一樣的。

身後的亞里沙發出「佐藤×冒牌勇者」的腐叫聲，結果被露露所責備。這個比我直接用講的還要有效。

見到我們的互動後微微一笑的帥哥冒牌勇者哈特，很直爽地主動前來攀談：

「初次見面，我是勇者哈特。」

他和真正的勇者正木隼人只差了一個字（註：隼人原文為ハヤト，哈特原文為ハウト）。當然並未具備勇者的稱號，擁有的單手劍技能和盾技能等級也很低，只有七級而已。

另外狀態並無異常，賞罰欄也是一乾二淨。

「是勇者大人嗎？我叫佐藤，是個旅行商人。」

「不用稱呼我為大人。叫我哈特吧。雖然承蒙使徒大人賜予這把聖劍朱路拉霍恩並任命為勇者，但我原本只是個小農民罷了。」

聽了哈特的自我介紹，亞里沙輕聲嘀咕：

「──朱路拉霍恩？是那把希嘉王國失落的聖劍嗎？那是真的？」

當然是假的。畢竟真正的聖劍就在我身上。

根據AR顯示，其名稱為魔劍朱「拉路」霍恩，所以應該是假扮神之使徒的魔族所準備的偽聖劍吧。

在男爵冷靜下來之前我跟冒牌勇者彼此聊天，他聲稱自己一年前還住在只有老人的貧窮農村裡，有個全身是光的男性出現在他面前並告知他是勇者，然後留下了聖劍。

接著，執政官在隔天現身前來迎接，之後就在城堡裡一直接受士兵們的鍛鍊。

話說回來，冒牌勇者似乎只是個普通的好人。魔族把他塑造城勇者的理由究竟為何？

倘若想讓勇者名譽掃地，應該找個更鄙俗的對象比較容易吧。

——不，魔族擁有變身技能。

說不定是打算讓善良的他獲得周遭人信賴，之後再自行取而代之。

嗯，也罷。不管魔族在盤算些什麼，只要打倒對方就不可能實施計畫了。

那麼，差不多該停止無用的推理，準備提高警覺了。

雷達上代表魔族執政官和附身狀態騎士的記號就快抵達這個房間。

「有東西來了～？」

「有東西來了喲？」

被莉薩兩手抱著以防她們犯錯的小玉和波奇彼此這麼交談。

看樣子，小玉已經察覺到魔族在接近了。

「露露妳帶著蜜雅和亞里沙移動到那裡的牆邊。娜娜負責保護她們三人。莉薩、波奇和小玉妳們在四人面前排成一字，等待我拔刀的信號。」

「怎麼了嗎，佐藤？」

見到我突然開始指揮同伴，冒牌勇者納悶地傾著頭。

我不予理會對方，將掛在肩上的背包交給莉薩。大家的武裝都放在這個背包裡。

下一刻，魔族執政官帶著附身狀態的騎士出現在房門之外。

『卡麗娜小姐！是那傢伙。』

「父親，請趕快離開。拉卡先生，麻煩你強化。」

「卡麗娜？還有剛才的聲音究竟是……」

被無法理解狀況的男爵緊緊抱著，卡麗娜從掛在腰間的布袋中取出「封魔之鈴」。

「卡麗娜小姐，真高興您平安無事啊。話說那些平民是什麼人呢？」

現身的執政官是個臉色很差的黑髮瘦小男人，他用手指彈著自己的翹鬍子往這邊瞥了一眼，然後對我身旁的冒牌勇者問道。

背後的卡麗娜小姐所在處發出藍光，可以聽見男爵和索露娜小姐的驚叫。

大概是卡麗娜小姐用「超強化」之後的臂力強行拉開了男爵吧。

「執政官！不，魔族！你的陰謀到此為止了。」

「卡麗娜小姐，您在說什麼——」

「休想再狡辯！」

打斷執政官的發言，卡麗娜小姐將「封魔之鈴」高舉至頭上。

或許是在防備她丟東西，相貌殘忍的護衛騎士挺身出現在魔族執政官前方。

——封魔之鈴發出「鈴」的清脆聲響。

『ＭＹＵＷＥＥＥＮ！』

被拆穿真面目的魔族執政官發出高頻率的哀嚎。

騎士也膝蓋跪地，身體跑出了一半呈半透明的魔族。雖然立刻又回到騎士體內，但剛才半脫離的魔族就和化為執政官的分體是相同模樣。看樣子附在騎士身上的也是魔族的分體。

『卡麗娜小姐！乘現在！』

「知道了，受死吧！」

拉卡打出信號後，卡麗娜小姐隨即向魔族突擊。

可以的話希望她能夠先將魔族逐出騎士的身體，但對方頂多是等級一的魔族分體，卡麗娜小姐應該可以擊敗才對。

我將儲倉內取出的青銅釘放在手中。

要是有突發狀況，我就用這個釘子發動魔刃擲出吧。屆時只要偷偷回收，謊稱是巨人贈送僅能使用一次的殺手鐧就沒問題了。

被拉卡強化的卡麗娜小姐以飛箭般的速度接近魔族執政官。

「卡麗娜小姐！您瘋了嗎！」

對這種異常速度大為驚訝的騎士並未察覺身後的執政官成了魔族，而是逕自舉起風箏形盾阻擋在卡麗娜小姐前。

魔族執政官整個人縮在騎士的龐大身軀後方。

「別礙事！」

卡麗娜小姐對準騎士的風箏形盾使出飛踢。

然而對方再怎麼說也是二十級的騎士。他巧妙地操控風箏形盾化解卡麗娜小姐的力道，就這樣將對方拋向斜後方。

卡麗娜小姐不斷在地面翻滾。這時，魔族再度咆哮。

我繞至騎士巨軀的側面打算替她解決對方，但那裡已經沒有魔族執政官的身影。這個瞬間，可以看見消失在騎士身體裡的魔族尾巴。

——莫非……？

「卡麗娜小姐，快搖鈴！」

『不行，佐藤先生。卡麗娜小姐已經昏過去了。』

有拉卡保護的卡麗娜小姐不會因為這種程度而昏倒。魔族剛才的吼聲大概是一種精神魔法吧。

我毫不猶豫地跑向卡麗娜小姐。

能將附身魔族逼出體外的恐怕只有那個手搖鈴了。

我搖響撿起的手搖鈴，魔族也同時掌控了騎士的身體。

不過，這樣似乎太遲了。魔族像攝影時重複曝光一樣差點脫離騎士，但也只有一瞬間。騎士的腦袋隨即變形，成為像海葵的觸手集合體。騎士的種族也從人類變為魔族。由於存在兩個分體，觸手頭也有兩顆。

大概是因為搶奪了騎士的身體，魔族的等級變成與騎士一樣都是二十級。

『沒想到我的計畫居然會被一個小丫頭破壞。』

不知道聲音從哪裡傳出，只能聽得出那傢伙非常生氣。

「魔族啊！你的對手是我。佐藤，快帶著男爵大人逃離此地。」

冒牌勇者拔出假聖劍往魔族走去。或許是畸形的魔族太過可怕，他的步伐蹣跚，手也在顫抖。

就算是這樣，冒牌勇者——哈特為了讓我們放心依舊強擠出笑容。

原來如此，魔族似乎選對人了。只要提昇等級變強，他的內在就能成為一名與實力相符的勇者。

那麼，我可不想讓哈特就這樣白白送命。我們也出手幫忙吧。

這傢伙使用的只有精神魔法，這方面讓亞里沙負責干擾就行了。

「莉薩、波奇還有小玉，妳們出手打倒魔族。娜娜跟我一起抵禦魔族的攻擊。」

完成身體強化的娜娜站到獸娘們的面前。

即使換上新裝備而能力有所提昇，娜娜獨自一人要抵擋二十級的對手也太勉強，所以我也上了前線。

娜娜舉起圓盾準備防禦魔族揮下的劍。

為了讓娜娜更易於防守，看準魔族的劍命中圓盾的瞬間，我對其手中的風箏形盾使出一記前踢使其失去平衡。

接下來莉薩乘著魔族停止動作的瞬間刺出長槍，不過那傢伙頭部的觸手卻伸出擋下了攻擊。

小玉和波奇這時繞至對方背後，用短劍連續扎向魔族的腳底給予傷害。

可能是感覺到疼痛，那傢伙朝背後胡亂揮劍驅趕兩人。

兩人避開了這次攻擊，但哈特卻很倒楣地被擊中了。

他在地面翻滾幾圈後停下。看起來受傷並不嚴重，整個人搖搖晃晃地站起，舉著假聖劍返回了戰場。

「亞里沙，妳負責干擾。」

「ＯＫ——！」

魔族發出相當於詠唱作用的咆哮，這個瞬間隨即被亞里沙無詠唱的「精神衝擊打」魔法擊中而不得不中斷施法。

娜娜乘此機會以理術展開「盾」，比起剛才更能穩定地防禦魔族的攻擊。

「蜜雅，麻煩妳治療一下大家。露露在一旁保護蜜雅。不要用槍。」

「嗯。」

「是……是的！我……我會努力的。」

蜜雅舉起萬納背包中取出的法杖，露露則是顫抖著雙手將平底鍋拿在胸前。

不讓她用槍的原因是不希望罕見的魔法道具曝光，但更主要是擔心她會誤射。

亞里沙負責打斷魔法，莉薩和娜娜一起壓制魔族的正面，小玉和波奇則一點一滴不斷削減魔族的體力。這是眾人平常團隊作戰的方式。

不小心闖入魔族前方的哈特被觸手攻擊之後手臂骨折，在遭到追擊前就被小玉和波奇所救，因此沒有生命危險。目前正在接受蜜雅的治癒魔法急救當中。

我也定時搖響「封魔之鈴」以維持魔族的虛弱化。

這一次小玉和波奇都手持祕銀合金製的短劍，削減敵人體力的速度比平常更快。

由於不希望陷入延長戰，我也會偶爾在前線踢出一腳幫忙消耗魔族的體力。

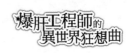

「喝——喲！」

最後波奇使出會心一擊，魔族化為黑色粉塵從金屬甲冑的縫隙間散去。

失去黑色粉塵的力量後，甲冑便七零八落掉在地板上。

「消失了～？」

「裡面的肉不見了喲。」

「妳們兩人不可以大意。」

看似魔族分身所變的老鼠從甲冑的縫隙逃出。

然而，小心翼翼戒備著的莉薩見狀立刻用魔槍多瑪刺死脫逃的魔族鼠，將其變成黑色粉塵。

「莉薩好厲害～」

「了不起喲！」

小玉和波奇這麼稱讚莉薩，同時再度戒備周圍狀況。

我為了保險起見也確認紀錄，肯定魔族已經被打倒，然後在地圖中重新搜尋以找出穆諾市內有無其他魔族或是被附身的人。

「大家辛苦了。現在可以解除戰鬥狀態了。」

我這麼告知後，獸娘們也解除戒備收起武器。

「魔核～？」

「這邊也有魔核喲。」

小玉在甲冑裡發現殘留的小顆魔核後前來報告。波奇也在莉薩打倒的魔族鼠附近撿來掉落的如米粒大小的魔核。

魔族也是魔物的一種嗎？

在聖留市打倒上級魔族時應該沒有留下什麼才對。至於下級就沒有印象了。

其中的差別在哪裡？是因為用了神劍的關係嗎？

我擱置這個沒有答案的疑問，將靠在牆邊眼冒金星的卡麗娜小姐回收後抬到男爵所在處。

我已經讓亞里沙幫忙解除魔族的精神魔法所造成的影響，但看起來還沒有清醒的跡象。

「執政官和騎士艾拉爾居然變成魔族？你……你……你知道這是怎麼回事嗎？」

「初次見面，男爵大人。我叫佐藤，是個旅行商人。」

我向形跡可疑看似非常謹慎的男爵這麼問候道，然後讓卡麗娜小姐躺在一張沙發上。

雖然對卡麗娜小姐進行公主抱算是占了便宜，但我可不能在她的家人面前露出好色的模樣。

「我所知道的只有從卡麗娜小姐和拉卡那裡聽來的事情，這樣沒關係嗎？」

「……這樣就行了。話說拉卡是什麼人？那裡的幾位小姐——」

臉色憔悴的男爵將目光投向我家那些孩子，整個人瞬間愣住了。

我想他應該不是蘿莉控。會是什麼原因呢？

「——耳族？莫……莫非佐藤先生也是勇者大人嗎？」

或許是被激動的男爵嚇到，波奇和小玉垂下耳朵顯得很膽怯。

說到這個，卡麗娜小姐剛認識她們時也很吃驚呢。

「正如剛才所說，我是個旅行商人。當然，我的同伴之中並沒有勇者。」

我並未說謊。因為我是個擁有勇者稱號的旅行商人。

這裡雖然無人具備看穿謊言的技能，但要是隨意編造引發拉卡的「識破惡意」就不好了。

『男爵大人，拉卡指的就是我。』

聽到卡麗娜小姐的吊墜傳來拉卡的發言，男爵驚訝得翻起白眼。

不知為何，男爵似乎不曉得拉卡的存在。這不是男爵家祖先所留下的傳家寶嗎？

拉卡向不知所措的男爵講述遇見卡麗娜小姐的經過。

大致整理一下拉卡的敘述，好像是卡麗娜小姐在穆諾侯爵化為廢墟的行宮裡散步時踏破地板，偶然來到了放置他的隱藏房間，就這樣成為他的新主人。

我在無關緊要的地方打斷他的敘述，然後回歸正題：

「男爵大人，我可以繼續說下去了嗎？」

「啊啊，抱歉。請繼續吧。」

「那麼，失禮了——」

我將卡麗娜小姐告知的事情轉達給男爵。

獲得拉卡之後她看穿執政官的真正身分是魔族，所以為尋找幫手打倒魔族而前往山樹之村。我們就在那個時候認識，然後從森林巨人那裡借來剛才的古代遺物。這些經過我都依序向男爵解釋清楚。

中途有女僕前來告知已經準備好其他房間，於是我讓大家先移動過去，我和男爵則是前往他的辦公室裡繼續剛才的講述。

或許是為了節省開支，如此廣大的城堡裡僅有少數的傭人。這間辦公室不僅沒有文官，就連半個女僕也看不到。

說完全部的事情經過之後，我拿起女僕剛才端來用香草沖泡開水製成的薄荷茶潤潤喉嚨。

「居然會有這種事……」

「男爵大人，事情到此還未結束。我們接獲巨人之村的精靈大人警告，穆諾市正面臨危機。」

總不能老實告訴對方自己是透過地圖得知，於是我把一切都謊稱是精靈大人——樹精告訴我的情報。反正拉卡不在這裡，稍微加油添醋一下應該也不要緊。

「危機？」

「是的，這座都市附近似乎湧現大量的哥布林。其數量推測在一萬以上。」

「你說……上萬？」

聽了我的話，男爵的表情頓時失去血色。

男爵一臉錯愕地垂下腦袋，絲毫沒有擬定對策或呼叫部下前來商討對策的跡象。看來他並不是一個合格的為政者。

我對此看不下去，提出了一個無可非議的建議：

「恕我直言，是不是趕快讓鄰近村落的居民到市壁裡面避難，或者叫大家疏散至遠方比較好？」

「說……說得也是！就這麼辦。趕快叫執政官過來——」

聽我這麼引導後男爵的眼中恢復光彩，但剛說到這裡又想起執政官是個魔族而為之語塞。

我再度建議男爵：「文官不是也可以嗎？」然後成功派出士兵前往引導村落的人們避

難。

同時也派遣傳令兵前去撤回出動消滅盜賊的領軍。

這樣一來守護穆諾市的士兵只剩下一半，但這也是沒有辦法的。

「男爵大人，其實剛才的話題還有後續。」

「怎……怎麼還有啊！」

因為必須告訴你魔族的事情啊。要是以為剛才的魔族分體已經告一段落，就傷腦筋了。

「是的，這也是從精靈大人口中聽來的。魔族似乎並非只有剛才的那一隻——」

說著，我一邊用地圖確認魔族的現在位置。除了一具分體已經抵達許德拉的棲息地附近，其他都和之前毫無變化。

不過，代表士兵和盜賊的光點消失得很快，只剩下一開始的兩成——四五百人左右了。

就連位置上看似沒有交戰對象的士兵也受了傷。

看來好像在自相殘殺。

我確認他們的狀態後終於知道原因。

他們的狀態變成「混亂」。利用會施展精神魔法的分體包圍領軍，原來是出於這個目的嗎。

我沒有義務去解救壞人，但看到有人以這種方式喪命感覺實在很差。

儘管很想英勇地衝到現場解決魔族，不過這種距離憑我的腳程至少要一個小時。很遺憾，大概會來不及吧。

我用無表情技能按捺著痛苦的情緒，繼續和男爵交談：

「——我還獲悉在許德拉的棲息地和大森林深處的盜賊堡壘裡發現了大量魔族。」

「大……大量魔族？……難……難道這是魔王現身的前兆！」

魔王嗎？真希望別來這一套了。

我再次試著搜尋地圖，但找不到擁有魔王稱號的人或是像亞里沙一樣技能「不明」的傢伙。魔族會徘徊的地圖空白地帶，頂多就只有這個男爵領的地下——

——『腳下怪怪的～？』

對了，記得入城時小玉是這麼說的。

那個時候我判斷是位於地下牢房的魔族執政官所致，莫非地下另有魔王之卵的東西嗎？

「男爵大人，有人還建議我『要注意地下』。您有什麼線索嗎？」

我隱瞞提議者的身分向男爵詢問。

「從前這裡還是候爵領時，『不死王』曾對城堡地下的都市核之室下了詛咒……或許就是這件事吧。」

——喂，大叔。

不要在一個外人面前輕易透露都市核的事情啊！那可是領主最重要的機密吧！

我藉助無表情技能封鎖內心的吐槽，緩緩深呼吸以平復狂暴的內心。

男爵似乎未察覺到自己的失言，所以我也當作沒聽到，繼續說下去吧。

「是詛咒嗎？」

「沒錯，一旦貴族或懷有野心者進入通往地下的樓梯，詛咒就會慢慢奪去他們的體力和精力，最終至死。」

「既然這樣，找個沒有野心的神官解開詛咒不就行了嗎？」

我想應該已經嘗試過，但出於好奇還是詢問一下。

「我就任此地的領主時，邀請過被譽為聖女的特尼奧神殿巫女長從公都前來，但就連她如此心靈純潔之人也只走了一半的階梯就受不了了。」

如果是那個「不死王」賽恩的詛咒，感覺在他成佛之際應該就已經解除。換成我大概會立刻附加「詛咒抗性」然後就能進去了。

話說聖女大人嗎？想必是個清純可愛的美女。以後到了公都一定要遠遠看上一眼才行。

「那麼，派遣平民士兵或文官前往調查如何？」

「沒用的。以前我也指派領地平民中最有膽識的騎士佐圖爾前往調查地下，但他同樣走了一半的階梯就陷入恐慌逃了回來。至於普通的文官，就連靠近通往地下室的階梯都辦不到了。」

原來如此，對貴族和神官是奪命和詛咒，對平民則是恐懼嗎？

嗯？平民也可以成為騎士嗎？算了，先不研究這個。

「我就任男爵時也去過地下，但中途就因為恐懼感的驅使而回到了地面。」

——奇怪，這麼說男爵還未掌控都市核嗎？

我這麼心想，打開對方的狀態再次確認後，發現他和之前的庫哈諾伯爵不同，並不具備領主稱號。

莫非領地會發生飢荒，都是無法使用都市核施展儀式魔法的緣故嗎？

我透過地圖確認通往都市核之室的路線，那裡沒有什麼士兵在把守。

既然我身上還帶著幫卡麗娜小姐保管的「封魔之鈴」，不妨前往都市核之室參觀一下順便嘗試能否破除詛咒吧。

那麼，先不討論這些問題，當魔族率領哥布林前來襲即時，倘若沒有能夠防止穆諾市民陷入恐慌的指揮人才，就傷腦筋了。

亞里沙應該可以用她的精神魔法和天生的果斷氣勢來穩定民心，但那算是最後的手段了。

對了，魔族所掉包的前任執政官怎麼了？

莫非像那個叫艾拉爾的騎士一樣被魔族搶奪身體然後遭到殺害了嗎？

我用地圖搜尋執政官，但領內沒有任何符合結果，於是轉而詢問男爵：

「男爵大人，您知道真正的執政官下落為何嗎？」

「執政官……對了，執政官應該是個老人。不，不對，他在三年前就因為流行病去世了。我應該向公爵大人要求過派遣合適的繼任者才對……」

男爵思索著記憶。看來他好像被消除了記憶，遲遲想不出執政官的名字為何。

由於在AR顯示中並未出現異常所以無從得知，但恐怕是被魔族的精神魔法修改了記憶吧。稍後再請亞里沙替我詳細解說好了。

由於對方應該不會任命平民擔任執政官，所以我改用地圖搜尋貴族。

這個穆諾市內的貴族除了男爵這一家，另外還有一個人。

「您認識名叫妮娜．羅特爾的名譽子爵嗎？」

「妮娜……鐵血妮娜。嗯，當然知道。就是三年前歐尤果克公爵派遣至我領土的候補執政官——」

男爵流暢地回答我的問題。而回答完畢後，男爵的表情頓時僵住。

男爵領的執政官是個子爵？

記得子爵的地位應該比男爵更高才對……算了，先不討論這個。

「——對了，妮娜女士到哪去了？我當初還握著她的手拜託她接替老人的位子。那是什麼時候的事了……」

「您恐怕是被魔族消去了記憶。倘若妮娜大人還活著，目前很有可能被關在牢房裡吧？」

聽了我的話，男爵立刻衝出房間，親自前往地下牢房營救妮娜女士。

地下牢房裡另外還關著神官和擁有鑑定技能的人，倘若一併救出，應該可以增強我方的戰力吧。

目送著男爵衝出房間的背影，我利用地圖確認戰場，發現領軍和盜賊消滅的速度比我想像中要快多了。

雖然很想親自前往那裡解決魔族，但若是飛行型的魔族乘虛而入，我家那些孩子就危險了。

還是先把對方引誘至我可以立刻來回的距離後再加以對付比較好。

儘管對於自己只能陷入被動局面而感到可恥，不過我並不像故事中的萬能主角那樣會在天上飛行或是瞬間移動，所以得分清楚事情的優先順序才行。

◆

起先我猶豫是否要追上男爵，但後來想想可以協助對方掌握都市核，於是我獨自一人來到通往位於穆諾城地下樓層都市核之室的階梯。

階梯前那道誇張的門並沒有上鎖，我推開門便進入其中。

然後往階梯踏出一步的瞬間——

＞獲得技能「詛咒抗性」。

＞獲得技能「奪命抗性」。

＞獲得稱號「聖者」。

因為能承受詛咒，所以才叫聖者嗎？

嗯，也罷。我將詛咒抗性技能和奪命抗性技能提昇至最大後走下階梯。

每走一層背上都會冒出寒意。有抗性技能的輔助尚且如此，換成普通人的話難怪無法承受了。

來到階梯全長的一半處時就進入另一張地圖，所以我用「探索全地圖」進行調查，發現螺旋階梯的最下方僅有一個房間，沒有人類或魔族存在。

最下層的房間呈半徑五十公尺左右的圓頂形狀，中央稍微隆起的地方飄浮著一個散發藍光的二十面體水晶狀物體。

ＡＲ顯示中出現「穆諾都市核」的字樣。

通往都市核的通道是一處層數較少的寬敞階梯，其周邊通道以外的場所是發出藍光的石頭所構成的水路，透明的水在其中潺潺流動。

在清涼的流水聲和都市核傳來類似柔和心跳的聲音治癒之下，我在通道中一路前進。

通道走到一半時，地面冒出了一個半透明的黑色影子。

『入侵者啊。我名叫「不死王」賽恩——他的幻影。純潔之人啊，向我證明自己是個合格的領主吧。』

——唔，我並不是領主。

ＡＲ顯示指出對方為「詛咒魂」。這就是詛咒的來源吧。

我將稱號換成「勇者」然後從儲倉裡取出聖劍朱路拉霍恩。這是繼承自「不死王」賽恩，讓他成佛的聖劍。

「賽恩已經成佛了。你也可以結束自己的使命了。」

我向已經被施術者遺忘的「詛咒魂」這麼告知，然後掄起聖劍。

聖劍朱路拉霍恩挾帶藍色的軌跡劈向「詛咒魂」。被聖劍觸及的「詛咒魂」逐漸變淡消失。

雖然不知道怎麼證明自己是個合格的領主，不過被聖劍淨化之前的「詛咒魂」所呈現的表情就和賽恩最後之際一樣安詳。

那麼，這樣一來事情就辦完了。既然都來到這裡，我決定近距離觀賞一下都市核。

『歡迎，支配上位領域之王啊。您要將此地登記為衛星都市嗎？』

來到都市核飄浮的最上層時，我立刻聽到都市核傳來這樣的聲音。帶有回音效果，很難判斷是男是女的聲音。

>獲得稱號「王」。

>獲得稱號「無名王」。

>獲得稱號「勇者王」。
>獲得稱號「領主」。

不不，誰是「王」啊？

我在心中對於把系統訊息呈現在記錄裡的某人吐槽。

這個「無名王」和「勇者王」大概是因為我把姓名欄清空，又換上「勇者」稱號的緣故吧。

所謂的上位領域無疑就是「龍之谷」的源泉一事。畢竟那可是最強的神龍所支配的源泉。

「不用登記哦。這個都市的領主是穆諾男爵。」

『進行搜尋。此地名為穆諾之人共有三名。希望進一步設定。』

我用地圖調查男爵的名字後告訴都市核：

「雷奧·穆諾。」

『登記完畢。現在開始為領主雷奧·穆諾服務。』

「嗯嗯，拜託你了。」

『遵命，無名之王。』

總覺得繼續待下去很尷尬，我便向都市核揮揮手返回了地上。

當然，回到穆諾男爵領的領域時，姓名和稱號都恢復了原狀。

回到地面後，我先用地圖確認魔族的動向。

在領軍和盜賊的戰場遺跡上，有一名整合了分體後變成三十六級的魔族以及另外一名附身狀態的騎士。而魔族身邊還存在十五隻左右的怨靈。

就在確認之際，怨靈周圍陸續出現了活屍體。

這是大概就是怨靈的種族固有能力「創造死亡隨從」吧。

等到魔物進入穆諾市前方廣大的農耕地時，我再連續發射「小火焰彈」火葬他們好了。

在夜色的掩護下戰鬥，應該不會被人發現真正身分才對。

至於距離最遙遠的魔族分體依舊在許德拉的棲息地晃來晃去。

那傢伙可能是打算附在許德拉身上。目標變大，對我來說也比較容易解決。

開始朝穆諾市移動的哥布林完成會合，三大集團整合在一起浩浩蕩蕩行軍。

或許是哥布林自相殘殺導致昇級，達米哥布林之王和達米哥布林馴服師等特殊的哥布林也增加了。

名字看起來很強，不過只有十級程度，就一起解決好了。從哥布林的移動速度來看，日落之前應該就會抵達了。

◆

「你就是佐藤嗎？」

在女僕帶領下前往的地方，那裡有一名從床上撐起上半身的三十五歲女性正在等我。外表粗獷稱不上是美女，但卻是相當吻合「帥氣」一詞的女性。

男爵坐在她床邊的椅子上。

順帶一提，被找來的人只有我一個。由於哥布林就快要現身，我於是讓我家那些孩子檢查自己的武裝。

「以這副模樣見面實在很失禮。我是執政官妮娜。」

「初次見面，我是旅行商人佐藤。」

據男爵所言，對方被關在牢裡將近兩年時間，儘管臉頰消瘦眼中卻帶著意志堅定的光輝，沙啞的聲音強而有力。既然擁有「鐵血」這個外號，想必內心一定相當堅強吧。

我不知道魔族為何沒有殺死她，反正目的不會是什麼好事。

「聽說你和自己的家臣團打倒了盤據此領地的魔族吧。非常感謝。」

妮娜女士在床上低頭行禮。

「那麼，真的還有其他魔族存在嗎？」

「是的，我是這麼聽說的。」

「這樣啊……要是能使用那個，應該就可以消滅魔族了。」

我起先以為是都市核，但她說的似乎是砲塔上用來裝飾的唬人魔砲。

這時候，傳令兵急急忙忙地跑來。

「報告！在大森林的交界處發現了大批的哥布林。」

「只有哥布林嗎？」

「有幾隻看似哥布林坐騎的螳螂型魔物，以及從未見過的圓筒狀身體帶有四隻腳的來歷不明魔物。」

我已經透過地圖搶先得知此事，不過可不能在這裡說出來。

隨行的是等級二十七，有四噸卡車般體積的四腳魔物「岩射筒」，還有名叫「兵螳螂」等級不到二十的魔物。

岩射筒身上有一隻魔族附身，不過現在魔族似乎搶奪了身體使得種族變成了魔族。技能只有「精神魔法」，所以附在這傢伙身上的是分體。

為保險起見，我事先確認領內的魔族和「附身」狀態者的情況。

處於附身狀態的騎士也被魔族成功搶奪身體成為魔族騎士，率領著活屍體往這邊前來。移動速度出奇快速，大概一到兩個小時後就能穿越大森林吧。

而終於成功被附身的一隻許德拉，目前帶領其他兩隻許德拉往穆諾市而來。距離相當遠，不過從飛行速度考量，應該會與魔族騎士和活屍體同時抵達。

以順序來說最好先解決掉岩射筒和魔族騎士，然後再消滅附身於許德拉的魔族本體。

倘若未按照順序進行，在打倒的前一刻本體就會與分體互換，變得很麻煩。

妮娜女士讓護衛的士兵前去向守備隊傳令，然後派遣在房間裡待命看似很不安的文官少女負責向領政府的官僚們傳達指令。

「我要前往瞭望室。你，把我抬過去。」

我抱起妮娜女士往城堡上層的瞭望室移動。

在那裡，男爵千金姊妹、哈特，還有我那些已完成武裝檢查的孩子都齊聚一堂，正指著市門的方向在說些什麼。

「佐藤。」

「主人～？」

察覺到我過來的蜜雅和小玉回頭喊道。

「森林裡有黑黑在蠢動喲。」

爬上展望室外頭欄杆的波奇指著森林的方向這麼報告。

「這麼遠的距離竟然還看得見呢。」

「是向索露娜借了遠見筒看到的喲。」

就算是波奇應該也無法看清楚七公里外的人影，結果似乎是利用類似望遠鏡的魔法道具「遠見筒」確認的。

妮娜女士從卡麗娜小姐的手中奪過遠見筒，確認從森林裡出現的大批哥布林。

「好驚人的數量……」

從妮娜女士手裡接過遠見筒的男爵見此光景後猛吸一口氣。

帶著看似下定決心的表情，男爵將遠見筒遞給我之後宣布：

「妮娜女士，這裡交由妳指揮。」

放棄現場的發言。但見到男爵認真的表情後沒有人插嘴，只是靜靜等待他的下一句話。

「我……我要去掌控地下的房間。這……這是我身為領主的使命。」

男爵用顫抖的聲音一口氣說出。

知悉內幕的人大概就只有妮娜女士吧。男爵千金姊妹都一臉不解的表情。

「……覺得太勉強就立刻回來哦。」

受到妮娜女士的這番鼓勵，男爵在女僕的陪同之下前往了地下。

原本想跟著男爵一起過去的索露娜小姐被妮娜女士制止，只能留在這個房間。

目送著男爵離去，我在一邊確認地圖的同時察覺到一件怪事。

為了讓男爵平安歸來，妮娜女士命令在房間裡待命的其他女僕準備救生索和鈴鐺。

倘若鈴鐺的聲音消失，在地下室入口待命的男傭似乎就會拉回救生索。

對方向女僕下達完指示後，我出聲與妮娜女士交談。

「妮娜大人，我想問一個問題——」

「什麼事？」

「您下達了往都市外避難的指示嗎？」

「——你說什麼？」

妮娜女士從我手中接過遠見筒確認正門的方向。

「外牆的正門打開了？」

位於正門附近的是領政府的高級文官和武官以及他們的家人。

他們和護衛的士兵一起離開穆諾市，往歐尤果克公爵領方向的街道逃走了。

已經沒有任何士兵留在正門，就這樣赤裸裸地暴露在殺向穆諾市的哥布林前。

「這樣下去不行。必須前去把門關上！」

「卡麗娜～？」

「一個人去的話太危險喲！」

擔心獨自跑出去的卡麗娜小姐人身安全，小玉和波奇懇求般地抬頭望著我。

「我去吧。我一定會保護好索露娜大人的妹妹。」

「不行。哈特你不是受傷了嗎？」

一手拿著假聖劍的哈特與索露娜小姐這麼交談著。

拖著受傷的手臂也只會礙手礙腳吧。我將對於單純性骨折也有治癒效果的高品質下級體力回復藥交給對方，然後接下保護卡麗娜小姐的任務。

「我們過去好了。哈特先生請保護好索露娜大人和妮娜大人。」

「……知道了。卡麗娜小姐拜託你們照顧了。」

我向握住我的手這麼激動述說的哈特點點頭，然後對妮娜女士和索露娜小姐打了個招呼後便帶著大家離開房間。

當然，不善於戰鬥的露露也跟我們一起。畢竟把她留在城堡裡似乎比較危險。

在我們騎馬奔馳於主要大街的期間，哥布林似乎已經入侵市內，許多市民都往我們這邊的方向跑來。

要是用蜜雅的「急膨脹」推開他們，市民很有可能會受傷。

「亞里沙，麻煩妳。」

「ＯＫ！回避空間。」

受亞里沙的精神魔法影響，市民就像看到什麼不乾淨的東西一般紛紛避開我們的前方跑掉了。

開闊的視野裡可見到卡麗娜小姐正在另一頭孤軍奮戰，還有市民們被哥布林追上撲倒的景象。

卡麗娜小姐被無數的哥布林團團圍住卻絲毫不退縮，憑藉著拉卡強韌的守護和「超強化」的壓倒性戰力提昇表現得所向披靡。

近距離觀看之下，哥布林的模樣就像地獄裡跑出來的餓鬼。沒有體毛、黑色皮膚和綠色血液，完全是一副魔物的姿態。

儘管擁有人類般的輪廓但似乎沒有自己的語言，聽著刺耳著「咕嘎咕嘎」也無法獲得任何新語言的技能。

既然對手並非亞人而是單純的魔物，那就不必顧慮了。

「蜜雅、小玉，鎖定目標。對手是魔物，殺了無妨。」

「嗯。」

「系～」

我把轠繩交給一起騎乘的露露，然後連續射擊短弓逐一解決掉哥布林。

由於道路原本就很寬敞，只要用亞里沙的魔法限制市民的避難路線就很容易清出一條射擊路徑。

「各位！請趕快逃到城堡！」

亞里沙頂著嬌小的身軀聲嘶力竭地大聲呼喊，引導市民進入城堡。

「城堡裡有勇者大人哦！他會保護各位的！」

起初不知所措的市民們在聽到有勇者之後三五成群地開始往城堡逃難。

「卡麗娜～」

「我們來支援了喲！」

「各位……」

卡麗娜小姐看似對援軍的到來十分感動，但現在不是培養情緒的時候了。

「莉薩！蹂躪那些哥布林，把牠們推回大門。」

「了解！波奇、小玉、娜娜，我們上吧。」

「知道了～？」

「收到喲。」

「命令——這麼接受了。」

與我的前鋒成員會合後，卡麗娜小姐勢如破竹地開始蹂躪哥布林。

我則是帶著後衛成員進攻，將卡麗娜小姐攻擊之下的漏網之魚逐一用弓箭射殺。

其中有受傷流血的市民，但一旁看似家人的民眾正扶著對方的肩膀一塊逃難。

城堡裡有那些女僕和營救自地下牢房的神官，他們應該會幫忙治療吧。

我們與正門前的士兵會合，聯手打倒那些如雪崩一般湧入市內的哥布林。

對手很弱所以並未陷入險境，大約花了半個小時就壓制了門前。

「蜜雅，就是現在！」

「■■■　■　■　急膨脹。」

那些正準備越過正門的哥布林被蜜雅施展魔法所製造出的綠色蒸氣擋了回去。

那些綠色的東西是用之前入侵的哥布林流出的血液汽化而成。

「把門關上！」

「遵命！」

「嘿咻嘿咻～」

「嘿——喲！」

我也加入前鋒成員和卡麗娜小姐的行列幫忙關閉正門。

正門隨滋滋的沉重聲響關上，位於正門旁的士兵們則是操作捲揚機鎖住了正門。

至於正門前的這些士兵，似乎是發現哥布林入侵之後從其他監視塔跑來支援的。

「好，放下固定具。大家不用再推了！」

我們喘了一口氣，環視著躺在正門前數量破百的哥布林屍體。

我家那些孩子受了點輕傷，所以就拜託露露和蜜雅幫忙治療，我自己則帶著卡麗娜小姐和亞里沙登上正門旁邊的高塔。

位於正門上方樓閣的五名士兵正咬牙切齒地奮力放箭射殺哥布林。

「數量很多呢。」

「是啊。」

「噁！好像會作惡夢呢。」

正門的另一端，黑鴉鴉一片塞滿整個地面的哥布林正在成群結隊地蠢動著。

簡直就像災難電影裡的群體場景。

「既然這麼密集，用那台投石機攻擊的話豈不是可以一網打盡？」

「沒有了。」

我指著安裝在塔中央的投石機這麼詢問士兵，但對方卻吐出這個簡單的回答。

「沒有可以用來投石的石頭。」

「難道沒補充過嗎？」

「執政官大人說沒有預算……另外一邊的大弩，重箭也在之前擊潰大批蜘蛛熊時用光了。」

面對卡麗娜小姐的質問，士兵看似按捺著心中的憤怒這麼回答。

看來魔族執政官為這次的穆諾市襲擊行動作了許多的準備。

此時責備對方也無濟於事，所以我利用地圖的物品搜尋試著在穆諾市內尋找重箭和投石用的石頭。

——好，應該有辦法解決了。

我向治療完畢後來到樓閣的孩子們下達指示：

「娜娜，麻煩妳跑腿一下。那個紅色屋頂的房子後面有個販賣武器的商會，裡面應該有大量的大弩用重箭，妳去弄過來。普通的箭有多少也拿多少。」

我將外套底下取出裝滿金幣的袋子交給娜娜，同時這麼吩咐。

「主人，由於未裝備望遠裝置，無法確認紅色屋頂。」

「波奇看得見喲！」

「好，那麼波奇也和娜娜一起過去。」

「是喲。」

波奇和娜娜跑出去購買箭枝。

「莉薩和小玉去一趟對面外牆旁的石材批發店。那裡應該可以找到大量的投石機用石才對。」

「了解。走吧，小玉。」

「知道了～」

從我手中接過裝滿貨幣的袋子後，莉薩和小玉便衝下高塔。

「露露和亞里沙，妳們去確認附近的旅館能不能當作救護設施，以備有人受重傷的時候。」

「ＯＫ！」

「是的，知道了。」

亞里沙和露露急忙跟在其他孩子身後跑了出去。

「蜜雅妳和我一起在這裡，協助士兵不要讓哥布林靠近。」

「嗯。」

我和蜜雅一起射倒那些蜂擁而來想要攀爬外牆的哥布林。

「這兩人好厲害，居然百發百中……」

其中一名士兵發出這樣的讚嘆聲。

——糟糕，太出風頭了。接下來每五枝箭射偏一枝好了。

「那……那個，我該做些什麼……才好呢？」

卡麗娜小姐忐忑地這麼向我詢問。那個為了營救市民挺身而出的英勇女豪傑已經蕩然無存，她如今就像個迷路的孩子一般投來冀望的目光。

「這個嘛，卡麗娜小姐妳先回到城堡——」

「不，我不要！我也要在這裡作戰！」

卡麗娜小姐下意識地拒絕我的提議。

「——請先聽我說完。卡麗娜小姐回到城堡後，請妳召集哈特先生和那些在城堡避難但有能力作戰的男人前來這裡。」

「……我嗎？」

「是的。這件事只有卡麗娜小姐才能辦到。」

「知……知道了。我這就去！」

這麼宣告後，卡麗娜小姐直接跳下閣樓，全身挾帶藍光跑了出去。

真是的，個性太莽撞了。雖然知道用拉卡的「超強化」可以跑得很快，不過還是騎馬過去比較快吧？

距離正門封閉已經過了一個小時。

我們的防守情況獲得大幅的改善。

我家那些孩子們收集而來的石頭和箭枝相當充裕，以哈特為首，從市民當中招募的兩百名民兵也抵達了。卡麗娜小姐的身邊如今有曾為士兵的武裝女僕們在護衛著。

另外，亞里沙也使用精神魔法「戰意高漲空間」進行輔助，所以即使面對壓倒性的戰力差距也能維持高昂的士氣。

當然，儘管全身顫抖卻仍站在最前線鼓舞民兵的哈特也是主要原因之一。

外牆之外，哥布林踩著彼此的身體不斷嘗試想要藉此墊高以越過城牆，但每次都被滾燙的熱油成功擊退了。

至於陷入劣勢之際，亞里沙就在不被人起疑的範圍之內利用精神魔法「恐懼」使敵人膽怯或以「混亂空間」讓哥布林自相殘殺藉以挽回局面。

儘管沒有人察覺，但亞里沙在防衛戰中的活躍表現實在非常搶眼。之後再煮一些她喜歡吃的東西加以慰勞一番吧。

我自己則是希望趕快躲起來，以銀面具勇者的身分前往討伐魔族，但始終等不到這個機會。

大概再過三十分鐘後魔族的援軍就會抵達，得趕快製造機會才行……

「那是什麼～？」

「是圓筒喲？」

循著小玉和波奇指示的方向望去，距離正門外七百公尺處的地點冒出了圓筒外型擁有四隻巨大腿部的魔物。

那個是魔族融合了「岩射筒」這種魔物之後的型態。

我的察覺危機技能產生了些許反應。

——白光在地平線上閃動。

在破風聲傳入耳中的同時，一股強烈的震動撼動了樓閣。

「佐藤。」

「唔嘔！」

我扶起失去平衡的蜜雅和亞里沙，開始確認發生了什麼事。

從樓閣向下俯視，發現有看似籃球大小的巨石陷入城牆的下方。大概是「岩射筒」發射的砲彈吧。

儘管威力還不至於一擊破壞城牆，但連續挨了好幾發之後應該撐不住吧。

遠方可以見到哥布林正在對「岩射筒」裝填巨石。

——豈能讓你們再度射擊！

我把箭搭上長弓，將對準「岩射筒」的弓向上偏移。

「沒用的。再怎麼樣也射不到那裡啊！」

用不著弓兵這麼大吼，我的射擊技能已經告訴我這樣子絕對飛不到那裡。

這把長弓是普通的武器，所以射程大約三百公尺，倘若不考慮命中的問題則可以飛到四百五十公尺。

因此，再怎麼樣也無法射中位於七百公尺外的敵人——

「岩射筒」的砲彈再度飛來命中正門，撼動了我們所站立的樓閣。

「佐藤？」

我僅用嘴角向一臉憂心的蜜雅投以微笑。

——不過，前提是以普通方式射擊的話。

我從主選單的魔法欄中發動「風壓」魔法，在樓閣上方製造出一股強勁的順風。

然後，順著這股強風連續射出了七枝箭。

強勁的順風再加上「射擊」、「狙擊」、「瞄準」三種技能的輔助，我射出的箭陸續命中了「岩射筒」的三隻眼睛和一邊的前肢。

樓閣上的士兵被突如其來的強風吹得東倒西歪，應該都錯過了這一幕吧。

痛得發飆的「岩射筒」射出下一發砲彈，但由於一邊的前肢失去支撐力而無法建立足夠的射擊角度。

擊出的砲彈將射擊線上的哥布林一掃而空後便嵌入地面靜止不動。

很好，這樣一來「岩射筒」就可以暫時不去理會了。

雷達上顯示的哥布林不知什麼時候越過了正門。

看來第二發砲彈似乎在正門上打出了一個可供哥布林通過的縫隙。

那些從正門縫隙入侵的哥布林，統統被衝下樓閣的獸娘們和娜娜確實打倒。

由於樓閣上儲備的魔法藥已經用光，我便派遣亞里沙前往在旅館待命的露露那裡補充藥品。

「蜜雅，麻煩妳也下去掩護那些孩子。」

「嗯。」

蜜雅點點頭，然後走下樓閣。

卡麗娜小姐站在投石機旁利用拉卡的超強化投擲巨石藉此蹂躪哥布林。見到蜜雅的行動後，她也命令負責護衛的女僕隊前去支援莉薩她們。

「妳們也去幫忙莉薩她們。」

「可是，卡麗娜小姐！」

「這是命令。」

負責保護卡麗娜小姐的武裝女僕們聽從對方的命令前往擊退哥布林。

「絕對不能讓敵人踏足這棟樓閣。」

面對踩著同胞的身體墊腳試圖爬上來的哥布林，卡麗娜小姐用投石予以擊退。

或許是因為打倒了大量的哥布林，卡麗娜小姐從等級五提昇至等級七，根據ＡＲ顯示，她的經驗值計量表就快到達可以昇上等級八的程度。

「卡麗娜小姐，差不多該休息了。」

「我不要緊。你才應該休息一下——」

卡麗娜小姐的身體搖晃一下，整個人膝蓋著地。沒錯，這種症狀是昇級不適應症。並非什麼疾病，只要休息三個小時就能恢復了。

正當我在照顧因突然身體不適而變得不安的卡麗娜小姐之際，搬運石頭的民兵們登上了樓閣。

「投石用的石頭搬來了。」

「請先堆在那邊。」

我讓卡麗娜小姐靠在牆壁上休息，然後回頭望向民兵。

三個民兵當中站在最後方的那個人頗為眼熟──
那傢伙在兜帽底下揚起嘴角竊笑，同時取出衣服底下的短劍。
──是在門前演說的那個魔王信奉者！
雖然可以在對方拔出短劍之前將其癱瘓，但我決定當作沒發現。
「流著穆諾之血的人都要死！」
魔王信奉者將沾了毒藥的短劍舉至腰部高度，奔向卡麗娜小姐。
我在前方挺身而出代替她接下凶刃──故意這麼表演，然後就這樣將魔王信奉者制伏在地奪下短劍。
至於散出的紅色飛沫則是用來製作魔法藥的獸血。
失去短劍的男子被一擁而上的民兵們壓制了。
「佐藤！等一下，我立刻幫你把毒吸出來。」
卡麗娜小姐鞭策自己無力的身體往這邊爬來。我假裝無法站穩與卡麗娜小姐拉開距離，倚靠在市內的城牆上。
「呼哈哈哈！儘管吸吧！那可是許德拉的劇毒，僅僅觸碰就能致人於死的劇毒。妳就把毒吸出來，跟那個男人一起死吧。」
……最近都在流行許德拉的毒嗎？

不知我心中的困惑，男子大笑著說出一堆廢話。

嗯，之後就交給那兩個民兵處理吧。

我從城牆上墜落，撞破下方的馬廄天花板之後弄亂馬匹睡覺的稻草。

「主人！」

莉薩用驚人的速度撞破馬廄的牆壁直奔而來。

我對莉薩出乎意料的行動感到驚訝，但仍下達命令：

「莉薩，把我抬到露露待命的旅館裡。」

「了解。」

莉薩用公主抱的方式如疾風一般將我帶到旅館的一處房間裡。

「主……主人，您沒事吧？」

「怎……怎麼會！」

房間裡除露露和亞里沙之外還有其他人，於是我在莉薩耳邊吩咐她幫忙清場。

待沒人之後，我才向三人告知自己是在演戲。

「抱歉嚇到妳們了。我平安無事。」

「等……等等，別嚇人啊。」

「太……太好了～」

原以為沉默不語的莉薩正在生氣，回頭一看卻是她淚流滿面的模樣。

我將莉薩摟至身邊，在她耳邊輕聲謝罪：

「抱歉，莉薩，讓妳嚇了一跳。」

我向三人解釋需要演戲的理由，然後拜託她們幫我做不在場證明。

「露露，這個妳拿著。」

「——是驅趕魔物的聖碑嗎？」

「嗯嗯，妳就在這裡將它發動。在這裡使用，即使正門被突破，哥布林也會因為討厭聖碑的淨化區域而難以竄入市內。」

我將萬納背包和聖碑交給露露同時這麼說明。雖然很不起眼，但卻是很關鍵的一件事。

「拜託妳了，露露。」

「是！我會努力的！」

摸了摸一臉正經地接下任務的露露腦袋之後，我從床上站起來。

「可……可是，獨自一人要對抗魔族實在太亂來了。」

「不，剛才雖然驚慌失措，但主人一定沒問題的。」

「為……為何那麼肯定？」

面對轉頭向我投以徵詢目光的莉薩，我同意了。

「我親眼目睹主人將足以摧毀整個堡壘的龐大許德拉單方面蹂躪的那一幕。我想當今能夠讓主人受傷的，恐怕就只有龍或是魔王了吧。」

「——有……有這麼強嗎？」

「嗯嗯，所以妳就放心等待捷報吧。」

「啊，嗯，知道了。可是可是，千萬不要受傷哦？正太的漂亮肌膚要是留下傷痕——」

或許是終於放心，亞里沙又開始智障的發言。我對此戳戳她的腦袋讓她罷手。

「祝您旗開得勝。」

「主人，請平安歸來。」

我向兩人點點頭，然後戴上銀面具往小巷子裡一躍而下。

身後可聽見小玉和波奇衝進房間裡的腳步聲。娜娜和蜜雅遲一些似乎也趕來了。

一邊在心中對為我擔心的大家謝罪，我變更了稱號跟裝備。

——好，勇者的時間開始了。

◆

我越過西南方的外牆，突擊位於左翼的五千隻哥布林側面。

在跑上一處山丘之後我整個人就這樣飛舞於半空中。

然後再使用「風壓」魔法上升至一百公尺的高度。

∨獲得稱號「舞空者」。

「——燃燒吧。」

我在主選單的魔法欄中連按「小火焰彈」，圍住哥布林開始焚燒。

總共十六發的小火焰彈燒掉左翼的兩成哥布林，接著用小火焰彈的爆焰火牆阻擋哥布林的退路。

這個集團當中沒有魔族。

儘管沒有必要全滅，但必須儘可能地削減數量。

我在左翼集團和穆諾市的外牆之間來回衝刺，不斷將追加的小火焰彈打入火焰的包圍網當中。

乘坐兵螳螂的達米哥布林之王跳過火牆往我這邊而來。

我用「短氣絕彈」擊碎兵螳螂的翅膀將其砸入火中。

不好意思，我可沒時間陪你們這些小嘍囉。

我以一百公里的時速穿越三公里的戰場，鎖定視野盡頭與岩射筒融合在一起的魔族。

敵我雙方距離為一公里。雖然有點遠，但這種距離應該可用「魔法箭」命中。

全力掃射的一百二十枝「魔法箭」往岩射筒魔族殺去。

和之前在領境堡壘打倒許德拉時相比，岩射筒魔族更是輕鬆地被射成了蜂窩。

不過，即使滿身瘡痍卻還未喪命。

原來如此，是「下級魔法抗性」的效果嗎？

——既然這樣。

我從儲倉內取出鋼鐵製的短槍投擲而出。

岩射筒魔族的腹部被噗滋一聲貫穿一個大洞，但依然沒死。

話說在聖留市時，潔娜好像提過「只有魔法或魔法武器才能傷害得了魔族」。

仔細回想，眾人在打倒魔族執政官時也並非使用普通的武器。

我衝向岩射筒魔族，利用聖劍王者之劍斬殺魔族。

剛才明明那麼耐打，但僅僅接觸到聖劍，岩射筒魔族便立刻化為黑色粉塵消失了。真不愧是聖劍。

見到魔族被討伐後，哥布林開始逃向森林。

至於並未蒙受損失的右翼哥布林也跟著被影響開始逃走。

在此同時，剛才打倒左翼哥布林所在的大森林裡冒出了由魔族騎士所率領的不死魔物們。

魔族騎士一揮劍，不死魔物就朝著我這邊殺來。

我個人是很難接受會奔跑的喪屍，不過考量行軍速度，這也不足為奇了。

在對方接近之前，就繼續用魔法攻擊敗退的哥布林以削減數量吧。

正當我打開主選單的魔法欄之際，大森林深處傳來斷斷續續的震動。

可以見到大森林深處的樹木晃動著。我暫時關閉魔法欄打開地圖確認——

巨大的人影劈里啪啦地踢開大森林的樹木跳進戰場裡。

『找到了！』

——啊？

轟隆一聲撼動大地，跳躍的森林巨人掄起巨大的戰斧開始蹂躪哥布林集團。

騎乘兵螳螂的達米哥布林騎士們勇敢地挑戰巨人，但橫掃的戰斧卻將兵螳螂的纖細脖子連同達米哥布林騎士一起砍成兩半。

在巨大戰斧上施加魔刃並馳騁於戰場的人是森林巨人辮子鬍。

大概是山樹之村特地派遣來的援軍吧。

『辮子鬍先生，感謝您的協助。』

『要道謝的話，就去找人族的佐藤吧。』

遲了一些，其他三名森林巨人也趕來和辮子鬍一起所向披靡地對付哥布林。

『哥布林交給你們解決，我去對付那些不死魔物。』

不待辮子鬍回答，我隨即用「小火焰彈」魔法焚燒那些不死魔物。

舉起騎士槍的魔族騎士往這邊突擊而來。不光是以往附身的騎士本身，魔族騎士似乎連馬也一體化了。

我用「魔法箭」攻擊魔族騎士。

原本以為魔族騎士會變得粉碎，但我的想像並未實現。

魔族騎士將盾牌舉至前方擋下了攻擊。

根據AR顯示，這個盾牌名為「怨魔盾」，其表面刻有看似人臉的浮雕。

這一次我擊出「小火焰彈」魔法，但同樣被怨魔盾擋下來了。

既然魔法不行，就用物理攻擊吧。

我從儲倉裡取出青銅釘附加魔刃，然後朝著突擊而來的魔族擲出。

魔族架起怨魔盾想要抵擋攻擊。

伴隨清脆的聲響，魔刃釘貫穿了怨魔盾，將魔族騎士連同馬匹一併射倒在地但並未將其消滅。看來怨魔盾的物理防禦也相當出色。

我單手拿著聖劍王者之劍跑向魔族騎士。

原本打算對聖劍王者之劍附加魔刃，但感覺到異樣的阻力於是便中斷了。

莫非與聖劍的相容性不佳嗎？

看準我這時的空檔，魔族騎士舉起彷彿有生命的騎士槍刺出三連擊。

我倉促間拿起聖劍抵擋。

每次與聖劍接觸之際，魔族騎士的騎士槍都會迸發出紅色火花並凹陷。

聖劍果然對於魔族和魔族的武器相當有效。

我踹飛怨魔盾，破壞魔族騎士的身體平衡。

接著用聖劍斬殺魔族暴露而出的觸手狀頭部將其消滅。

遠方傳來怪獸般的咆哮聲。響徹戰場。

看來魔族本體所附身的許德拉已經過來了。

三隻許德拉爭先恐後地出現在戰場。

——不，是真的在交戰。

頭部化為觸手的魔族許德拉正和其他兩隻普通的許德拉進行空戰。牠們彼此互咬對方的腦袋，眼看就要直接墜落。

也罷，就這樣子打倒對方算了。

我從儲倉裡取出聖箭。

這是利用容易傳導魔力的黑曜石箭簇和山樹樹枝製成的珍品，箭簇和箭桿都以「青液」刻上了聖劍的魔法迴路。

雖然耐久性不佳，但用來射擊一次就很夠了。

我從儲倉取出巨人給我的魔弓，搭上聖箭。由於只試作三枝所以必須小心瞄準。

在聖箭裡注滿魔力後，我等待它呈現散發藍光的狀態。

察覺藍光的魔族許德拉咬掉自己的腦袋迅速逃出，與其他的許德拉保持距離。

被甩開的兩隻許德拉則是墜落在我附近。

魔族許德拉拚命逃跑，但再怎麼快也無法達到時速三百公里吧。

這把弓在試射的射程為三公里，擊出的箭可以超越音速。

——嘗嘗這個吧！

我這麼大喝一聲，放箭擊出。

魔弓射出的聖箭挾帶藍色殘光劃過天空。

聖箭突破音速障壁轉眼間追上魔族許德拉，自身後將魔族化為黑色粉塵。

彷彿被藍色殘光所壓制，黑色粉塵勾勒出無數的黑色圓環然後消散。

瞬間消滅魔族的箭就這樣貫穿陰天，暴露出後方的藍天。

驚訝於聖箭出人意料的威力同時，我一邊確認紀錄。

紀錄中顯示「打倒了許德拉（魔族）」的訊息。

好，看來順利打倒了——不，等等，魔族的光點還留在雷達上。

墜落的雙頭許德拉兩顆腦袋都變成觸手狀。

看來魔族利用自行咬掉的腦袋奪取了這個許德拉的身體。

另一隻三頭許德拉可能是墜落角落不對，已經喪命了。

『真想不到，真正的勇者竟會出現。』

——哦，說話了。

在那傢伙開口的期間，我搜尋地圖確認有無其他魔族或被附身的對象。

『不過，好像太遲了一些。』

——除這傢伙以外沒有魔族，也不存在附身狀態的人。

『那些使整個領內陷入絕望，再從領民身上收集而來的抱怨和怨念，我將它們全都集中在「邪念壺」裡並轉換為瘴氣了。』

哦——原來是在做這種事情啊。

我同時確認死掉的許德拉體內，並未發現有魔族入侵的痕跡。

『怎麼啦，勇者？你不想知道那個邪念壺在什麼地方嗎？』

乘這個機會，我在地圖內試著搜尋邪念壺。

它就在逃走的領政府高級文官所攜帶的行李中。

『已經追不上囉？邪念壺已經透過你們人族之手送到神聖的祭殿了。』

「沒這回事哦。話說回來，可以告訴我那個祭殿是什麼東西嗎？」

或許是很高興見到我做出反應，魔族許德拉用兩個腦袋哄堂大笑。

『——不告訴你。盡量掙扎吧，勇者。黃金陛下即將復活，屆時再懊悔自己的失敗吧。』

原來如此，讓「黃金的陛下」復活需要邪念壺嗎？

從話中推敲，應該是用在魔王復活的儀式上吧。

——不過，你聰明反被聰明誤了。

「我不需要懊悔。邪念壺是到不了目的地的。」

我向魔族許德拉這麼斷然告知。

因為運送邪念壺的文官們在國境一帶遭到盜賊襲擊，正在戰鬥中。

自己破壞領內的治安後導致盜賊叢生，結果自己的陰謀也因為盜賊而失敗，真是令人爽快的因果報應。

『你憑什麼這樣斷定？』

「——不告訴你。」

我模仿剛才魔族說過的台詞，然後結束對話。

其中一顆腦袋發出憤怒的咆哮，在極近距離下釋放出精神魔法「精神破壞」。

具有精神抗性技能的我僅僅感覺有些異樣感便抵抗了魔法，同時對聖劍王者之劍注入魔力加以強化。

聖劍雖然被強化了，但和聖箭不同的是並未遭遇魔力的填充極限。

由於聖劍似乎擁有無限的魔力容量，我於是在注入一千點後中斷填充，朝著打算飛起的魔族許德拉砍去。

這時早就應該成為屍體的三頭許德拉忽然闖入其中。

其背後可見到魔族所製造的怨靈。這傢伙大概是利用種族固有能力把三頭許德拉變成不死怪物了。

我用聖劍斬殺阻擋在前的不死許德拉將其再度變成屍體，然後收進儲倉裡以防再被利用。

緊接著從魔法欄選擇「小火焰彈」焚燒怨靈。

最後發出一百二十枝「魔法箭」狙擊展開翅膀起飛的魔族許德拉。

就如同我在領境遭遇的四頭許德拉那樣，魔法箭將魔族許德拉的腦袋逐一削成肉片。

然後我用聖劍將墜落屍體內脫離的魔族斬殺，使其化為黑色粉塵。

——還沒結束。

「出來吧。裝死是沒用的。」

『居然被你發現了。』

魔族撕破墜落的屍體腹部，從中現身。

AR顯示中的等級為三十六——也就是說，這真的是最後一次了。

我整個人一口氣躍起，揮動聖劍王者之劍準備斬殺魔族。

藍色的軌跡劃過虛空。

——消失了？

『可怕可怕。真不愧是勇者。』

魔族出現在我剛才打倒魔族騎士的地點。

其上半身從捻角獸的身體裡長出。恐怕是魔族許德拉的胃部裡藏有假死狀態的捻角獸吧。

剛才的轉移似乎是出於捻角獸的種族固有能力「短距離轉移」。

先把礙事的捻角獸身體破壞好了。我從魔法欄中發射「魔法箭」。

然而，這些箭卻被魔族手持的怨魔盾擋下了。

原來剛才的轉移是為了回收這個。

魔族再次用「短距離轉移」與我拉開距離，在天空中飛向穆諾城。

我取出聖箭並搭上魔弓。

就在我將魔力注入聖箭時，對方又再一次用「短距離轉移」逃入穆諾市內了。

我將注滿魔力的聖箭收回儲倉，全速返回穆諾市。

對方在雷達範圍之外，所以我路上都開著地圖追趕。

魔族在我看不到的地方很有可能會繼續製造分體，我於是小心翼翼不斷確認地圖一路追趕。

當穆諾城再度映入我眼簾之際，魔族就位在擺放裝飾用魔砲的高塔上。

已經損壞的魔砲自己浮起來了。

根據ＡＲ顯示，它已經成為「騷靈」。

——居然就連器物也可以變成不死魔物！

『你就在那裡眼睜睜看著穆諾市被燒毀吧。』

順風耳技能捕捉到遠方魔族的聲音。

魔族當場捨棄捻角獸的身體，與化為騷靈的魔砲合體。

——嘖！位置太差了。

對周邊損害較少的「魔法箭」會被怨靈盾擋下，剛才使用的「聖箭」威力又太強。

要是在這個位置射出「聖箭」，包括附近的城堡主棟大概都會被摧毀吧。

『好好回想曾經將無數都市化為火海的不祥魔砲有多大威力吧。』

伴隨魔族的大笑，魔砲開始變形並展開具現代感的長砲身。

一種可能會傷到我家那些孩子的急躁感使我的思考變得狹隘，再也無心摸索其他的可行手段。

——怎麼辦？

為了我家那些孩子的安全，不惜犧牲城裡的人也要消滅那傢伙嗎……

按捺著即將做出草率決定的感情，我奔跑於小巷裡。

——到達聖劍可及的距離還有九秒。

『只要有源泉的魔力，魔砲就有無限的砲彈。』

那傢伙的魔砲砲身開始舞動著發光的粒子。

——不僅威力強大，彈藥也不會用盡嗎？

我越過最初的城牆。

『來吧，向美麗的火焰發出怨恨之聲吧！成為我們的王復活的狼煙！』

魔族俯視這個方向，一邊將魔砲的砲身對準穆諾市的正門，我家那些孩子們奮戰的場所。

——沒辦法了。

我降落在第二城牆的塔上，取出魔弓。

『一切都太遲了！』

然而，魔砲砲身的光輝卻忽然消失了。

『什麼？與源泉之間的連線竟然──？』

持續顯示的地圖上，男爵的光點就出現在都市核之室。

我在心中對於有勇氣戰勝詛咒恐懼的男爵給予讚賞。

接著，油然而生的從容感讓我察覺到一件事實。

──既然只是要破壞魔砲，用普通武器就可以了。

我從儲倉裡取出短槍擲向魔砲。

瞬間化為殘骸的魔砲中飄出了騷靈。

這時候空氣嗡地一聲震動，白色的光之障壁隨即籠罩住城堡的主棟。

『怎……怎麼會！』

塔上的魔族被防禦壁彈開飛向半空中，騷靈則是無法承受防禦壁之力而消滅了

──都市核的防禦壁似乎可以抵擋好幾次上級魔族的攻擊哦。

亞里沙以前好像是這麼說的吧？

面對試圖逃走的魔族，我拉起沒有箭矢的魔弓。

魔族對準我舉起怨魔盾。

——既然如此，也就不會對城堡造成損害了。

我從儲倉裡取出填滿魔力的聖箭並搭上魔弓。

——這樣一來就將軍了。

穆諾市的天空中出現一道藍色軌跡，以穆諾市為舞台的魔族陰謀在此崩潰。

新的姓氏

「我是佐藤。現代日本的一般家庭普遍擁有姓氏，不過在遊戲中似乎也有企劃者像肥仔那樣以太過麻煩為藉口，乾脆就不幫普通人加上姓氏了。」

消滅魔族後我將紅色外套的兜帽向後拉開，在眾目睽睽下展現金色長髮和銀面具之後沿著主大街飛也似的朝正門奔去。

金色假髮和銀面具的構造僅僅是奔跑的話還不至於掉落，所以沒有問題。

在正門處，還有數百隻哥布林正在戰鬥並試圖入侵市內。

話雖如此，那些哥布林似乎也只是為了躲避市外大顯神威的森林巨人罷了。

「■■■　■　■　急膨脹。」

蜜雅的水魔法在正門前將這些哥布林推回門的另外一端。

蜜雅的身旁是亞里沙和娜娜，正門旁有獸娘們和卡麗娜小姐。哈特和許多民兵們一起待在市壁的樓閣上，露露則在旅館房間內盡自己的使命。

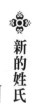

娜娜的盾牌擋下門外哥布林投來的石頭，亞里沙的精神魔法「精神衝擊打」接著擊倒這些哥布林。

因蜜雅的魔法而掉入市內的哥布林，則是由獸娘們和卡麗娜小姐負責打倒。

其他民兵們在後方等待隨時掩護四人。

我快速跑過咕嚕一聲喝下魔力回復藥的蜜雅身邊，闖入城門前方。

『卡麗娜小姐！』

「什麼人？」

「——我是勇者。」

面對這麼盤問的卡麗娜小姐，我用腹語術技能裝出渾厚的聲音回答。這個聲音是刻意模仿了配音員NAKAJI JYOTA。

我穿過吃驚的卡麗娜小姐身旁，用「短氣絕彈」魔法擊垮門另一端的哥布林，將雙手放在變形的鋼鐵門上。

猛然一用力後，鋼鐵門就像捏糖人一樣逐漸變形。

不到一秒鐘，門的縫隙就不復存在。雖然樣子有點醜，不過之後交給那些工匠整修就行了。

我回到一臉驚訝的卡麗娜小姐和我家那些孩子的面前，吩咐卡麗娜小姐幫我傳話給男爵和妮娜女士。

「小姑娘啊，告訴男爵大人，領內的魔族已經全數消滅了。」

我刻意用了不同於佐藤的口吻。

說完後，我往樓閣上一跳。雖然能夠一次跳上去的話很帥氣，但我是藉由與外牆一體化的塔身牆壁作為踏腳處，以三角踢的要領上了樓閣。

「守得很不錯。之後交給你們了。」

我在哈特的身旁落地，這麼慰勞他。

接著攤開手指，單手伸向眼前的哥布林降下傾盆般的「短氣絕彈」蹂躪對方。

對付脆弱的哥布林，魔法是最有效率的。

民兵間不時傳出驚訝的鼓譟聲，但我並未理會而是用「短氣絕彈」和「魔法箭」徹底掃蕩市外的哥布林。

用地圖確認除了森林巨人周邊之外的漏網之魚後，我又以「魔法箭」逐一狙擊。

這時我才第一次知道，這個魔法的射程竟然有兩千四百公尺。

將正門外的一千四百隻哥布林和兩百具活屍體全數擊潰之後我便離開現場。至於魔族製造的怨靈似乎一個也不剩了。

我將剛才告訴卡麗娜小姐的內容同樣向哈特告知，並叫他前去向男爵報告。雖然會導致情報重複，不過這也是為了讓卡麗娜小姐和哈特兩人直接返回城堡而不是前往探望佐藤。

我跳向市外，在眾人的面前離去。

在那之後，卡麗娜小姐和哈特果然如我所料並未探視佐藤而回到了城堡。

前往市外的我為了回收魔族所說的「邪念壺」而來到穆諾市七公里外山中的盜賊基地。

被盜賊襲擊的官僚們和護衛都慘遭殺害，值錢的東西全被搜刮一空。

犯下這些惡行的盜賊們在好奇心驅使下似乎打開了「邪念壺」，導致所有人都面帶恐懼的表情離奇死亡。

倘若放著不管很可能會變成不死魔物，我於是用「陷阱」製作較深的直坑將盜賊放入其中以「小火焰彈」火葬。

最後把「邪念壺」回收至儲倉，我便離開了現場。

當然，盜賊累積下來的財寶也一併回收。這些就當作重建穆諾市的資金吧。

我返回夕陽照耀的戰場。

穆諾市周邊被改造成活屍體的遺體及魔物的屍體，在下沉的夕陽照耀下令人深感世事的無常。

我稍微默哀之後準備離去，卻猛然察覺到一點。

就這麼放任的話可能會產生屍毒。

記得以前看過一部穿越時空回到戰國時代的小說，裡面就描述了村民因為了幫忙收殮遺體而喪命。

——這時候就要仰賴作弊級的地圖和儲倉了。

我在地圖上標記遺體和魔物的屍體，將它們設定為在雷達上出現黃色光點。

然後我循著雷達的黃色光點穿梭於整個戰場，當遺體或屍體進入收納範圍時便統統回收至儲倉。

不知往返了多少次，當黑夜籠罩戰場的時候終於全數回收完畢了。

……真是累人。

魔物的屍體還好，遺體就應該歸還給市內的那些家屬才對。

我在儲倉內將遺體按照生前的所屬分類，利用「陷阱」魔法製作深七十公分左右的坑洞將其排放在內。

要火葬還是土葬，之後就交給家屬決定吧。我默哀一會後便離開現場。

做完這些費力的工作，我乘著黑夜潛入市內，回到旅館裡大家所等待的房間內。當然。勇者的扮裝和稱號已經解除了。

「我回來了。」

「歡迎您回來，主人。」

以莉薩為首，眾人都在祝賀我的歸來。

「歡迎回來～」

「我們很擔心喲！」

大概是一直都在擔心我，波奇和小玉爬上我的身體不斷用臉頰磨蹭我的臉。

放心之後或許又覺得想睡，她們就這樣倚靠著開始昏昏欲睡，所以我摸摸兩人的腦袋讓她們躺到床上。

「主人，這個。」

我收下露露遞來的萬納背包和聖碑。為了不讓入侵正門的魔物在市內擴散，露露一直在這個房間內發動聖碑。

「妳做得很好呢，露露。」

我這麼出言慰勞向幕後功臣，並輕撫她的頭髮。

露露看似有些自豪地浮現微笑。

「勇者？」

蜜雅傾著腦袋喃喃道。

她應該想問我其實是個勇者，而旅行商人的身分只是幌子嗎？

亞里沙小聲告訴我：「蜜雅在我透露之前就已經看穿你的身分了哦。她說是精靈告訴她的。」這倒是無妨，不過說話的時候不要舔耳朵好嗎？

所謂的精靈就是樹精嗎？

之前我在「搖籃」裡帶著勇者的稱號找上樹精幫忙脫困，大概是那個時候被看出來的。下次見面的時候得拜託她不要到處宣傳。

「主人為了解救蜜雅所以和前主人戰鬥，獲得了勇者的稱號和聖劍——這麼解說。」

娜娜代替我向蜜雅解釋。

與事實有點出入，但蜜雅似乎很滿意這個說明，所以就這麼看待吧。

畢竟現在覺得有點累，懶得再仔細說明一遍了。

「主人，供給魔力——這麼請求了。」

「抱歉，明天早上再供給，妳暫時用魔法藥撐一下吧。」

換成平時的話會給她獎勵，不過今天實在沒那種心情。

聽了我的回答，面無表情的娜娜就彷彿被拋棄的小狗一般散發沮喪的氣息。

我吩咐大家保密我身為勇者的事實後，今天就這樣在門前旅館過夜了。

波奇和小玉似乎還不知道我是勇者的事情。

我猶豫是否要告訴她們，但莉薩和亞里沙則是勸我等到兩人長大之後再說，所以我決定保密至有必要說明的那一天。

畢竟今後應該也不會捲入類似這種騷動，所以沒有問題。

另外，據說森林巨人們在我前往消滅盜賊的時候就返回大森林裡，使我未能夠向他們打個招呼。

◆

隔天早上，在前來迎接的卡麗娜小姐帶領之下，我造訪了穆諾城謁見室。

「佐藤，身為一名父親，我深深感謝你救了卡麗娜的性命。而身為一名領主，我也要謝謝你為討伐魔族一事做了重大的貢獻。」

在穆諾城，男爵開口第一句話就是這麼對我說。

話說感謝的順序竟然顛倒了。果然是個疼愛女兒的男爵。

在這之後妮娜女士也加入行列，屢次感謝我解救了男爵領的危機。

而在男爵的全權委託之下，妮娜女士提到了解救領地一事的獎勵問題。

「那麼，雖然之後才會論功行賞，但你的功勞實在大太，光賜予勳章是不夠的。說到在這個男爵領的權限之內能夠給予的獎勵——」

妮娜女士的發言讓卡麗娜小姐泛紅臉頰。瞥了這樣的卡麗娜小姐一眼之後，妮娜女士環視我身後的女孩們：

「——就是美女或爵位了。你想要什麼？」

妮娜女士所提供的獎勵當中之所以沒有大筆金錢可供選擇，大概是因為穆諾市的金庫已經見底了吧。

照這樣下去，我有種預感會進入娶卡麗娜小姐為妻的路線。

我很中意卡麗娜小姐的容貌，但倘若娶她為妻，就必定要一輩子為了振興穆諾男爵領而努力，最終埋骨於此地。

我希望自己能夠無拘無束地遊歷這個世界。

「實在很抱歉，我兩者都不需要。有勳章就很足夠了。」

「好一個無欲無求啊。」

妮娜女士對我頭來疑惑的目光。

卡麗娜小姐的表情黯淡，不過此時必須狠下心忽略對方。做人可不能八面玲瓏。

「我並非沒有欲望。我的心願是能夠親眼看遍這個世界。不能為領地服務的貴族就連垃圾也不如吧？況且我現在娶妻的話也太年輕了。」

「既然已經成年，娶妻應該沒什麼好奇怪的吧？難道後面那些女孩不是你的妻子嗎？」

妮娜女士這麼發問的瞬間，後方那些孩子身上頓時散發出驚人的壓力。

這時候還是學習那些後宮系的主角佯裝遲鈍吧。

「是的，我們大家就像一家人，當中沒有我的妻子。」

感覺身後傳出失望的嘆息，而卡麗娜小姐則放心地鬆了一口氣。

「那麼，卡麗娜小姐如何呢？雖然稍稍過了適婚年齡，但卻是個安產型的美女。一定可以生下健康的小孩哦？」

妮娜女士的失禮發言讓卡麗娜小姐面帶不悅，在聽到後面那句「美女」的稱讚後又紅著臉。儘管有些可愛，不過要是表情有所鬆懈，就會被妮娜女士逮住機會，所以我藉助無表情技能撐了過去。

索露娜小姐則是站在哈特身旁面帶從容的表情。

「身為平民，豈能奢望迎娶男爵千金——」

我說到一半時發現索露娜小姐對著我笑，所以就修改了措辭。

好險好險，差點忘記她的男朋友哈特是個平民了。

「對我而言實在是不勝惶恐。況且我在遊歷世界的期間並不打算結婚。」

「這樣啊……」

妮娜女士手抵著下巴似乎在思考什麼。

然後向一旁的男爵附耳說悄悄話，似乎取得了男爵的同意。

「好，佐藤。我們決定封你為名譽士爵。」

「妮娜大人——」

我正想反駁妮娜女士，但卻被對方伸手制止了。

「我無意讓你負責領地的工作。你的任務是以穆諾男爵領家臣的身分巡視各地。」

嗯？意思是讓我收集各地的情報吧？

「當然，這並非叫你從事間諜的工作。」

——原來不是。她究竟想要我做什麼？

搶在我開口之前，妮娜女士便先發制人：

「只不過，以穆諾男爵領家臣身分巡視各地是很重要的一件事。」

「我聽不太懂，妮娜大人究竟希望我怎麼做？」

由於覺得很莫名其妙，我便開門見山地詢問。

「你知道穆諾男爵領被謠傳為『被詛咒的領地』嗎？」

「是的，雖然不知道原因為何。」

我對妮娜女士這麼點點頭。

「據說造訪此地的貴族必定會遭遇不幸。穆諾男爵之前也有許多貴族自稱是此地的領主，但他們全都死於非命或離奇身亡了。再加上穆諾男爵就任後以客人身分造訪的貴族也都表示身體不適或臥病在床，屢屢遭逢不幸。就因為這樣『被詛咒的領地』傳言便不脛而走。」

前者好像是賽恩或其部下在暗中作怪，後者大概是想要入侵都市核之室結果遭遇賽恩留下的詛咒。

「那麼，我的任務就是四處宣傳『穆諾男爵領相當安全』了吧？」

「正是如此。倘若不能澄清謠言，也就無法招攬擁有貴族身分的人才了。」

妮娜女士上下點頭同意我的話，然後繼續道：

「而且授予你爵位是有其必要的。倘若對於一個立下如此大功勞的人只授予勳章，要是我們被外人傳為小氣的領地就傷腦筋了。當然，我並不認為你會到處宣揚此事。不過，總是有人管不了自己的嘴巴。」

妮娜女士嘆了一口氣聳聳肩膀。

「好了，你不用那麼如臨大敵。名譽士爵並不算什麼。不僅是貴族中的最下級，也會被那些世家貴族當作假貴族看待。不過，對你來說應該很有用處吧？」

見我想不出有什麼用途，妮娜女士得意一笑：

「先不說這個領地和歐尤果克公爵領，北方領地對亞人的歧視可謂根深蒂固吧？一旦你成為名譽士爵，平民就會將你視為貴族大人看待。也就是說，你的奴隸也會被當作貴族的所有物而慎重對待。比起普通平民的待遇應該更好才對。」

這真的很有吸引力。僅僅不會被拒絕投宿就很有價值了。

到頭來這成為主因，我便同意接受穆諾男爵所賜予的名譽士爵爵位。

◆

從那天起我們被安排了穆諾城裡的房間，直到敘爵儀式的期間要在城堡內區住，不過日子過得還真是多采多姿。

向妮娜女士討論堡壘遺跡和逃亡農奴的事情，卻不知為何居然被轉讓成屬於我的別墅和傭人。

被要求幫忙逮捕犯下重罪的士兵以及尋找盜用公款的官吏所藏匿的財產。

偷偷將等同於穆諾侯爵隱藏財產的金幣用「銀面具勇者」的名義捐獻出去。

寄出信件告訴聖留市的潔娜關於在堡壘遺跡裡消滅怨靈一事。

全額出資請女僕小姐們幫忙製作維多利亞時期的女僕裝，結果被她們當作制服採用了。

和露露一起向城堡裡的主廚學習料理的基礎，為了答謝對方，便藉此推廣炸雞塊和美乃滋之類的食譜。

莉薩她們前往消滅盜賊團以作為實戰訓練，最後像戰記遊戲的主角那樣降服義賊行徑的盜賊團並招入領軍。

為招募勞動力在穆諾市內開闢加波瓜農地，以提供魔物的肉等糧食和一堆空兵舍作為條件雇用了貧民窟的居民。

和波奇及小玉一起在索露娜小姐的茶會上傾聽具有勇者研究家身分的穆諾男爵相關的見解。

儘管沒有在魔法店裡獲得新卷軸，但得知男爵的遠房堂兄子爵經營著國內唯一的卷軸工房，於是便請男爵幫忙寫介紹信。

另外，還有借用無人使用的工房進行各種作業和製作新的馬車。

乘坐使用許德拉素材的滑翔翼前往巨人之村，並且攜帶烘烤的整隻噴射狼以及在穆諾市購置的木桶希嘉酒當作禮物答謝對方。

消滅之前鼬人族漁夫所委託的魔物並收下作為報酬的船。

回程順便經過的小木屋裡留有狗頭人少女的感謝信以及報酬青鋼大劍，得知對方順利採掘了青晶。

最後是消滅在穆諾市前方河川上游製作水壩的魔物，將水流恢復至原狀。

這樣一來，穆諾市前方的農地也更便於耕作了。

至於當前的糧食問題，妮娜女士表示因為有魔族執政官為吸引哥布林而在城鎮上大量種植的加波瓜，所以只要妥善分配的話應該可以撐過這段時期。

另外，我還向妮娜女士請教關於貴族爵位的許多知識。

之前就很疑惑的爵位高低問題果然與我的知識相符，是子爵的地位比男爵高。

僅限於一代的名譽貴族表面上似乎和永世貴族受同等的待遇，所以高低排序應該就是子爵、名譽子爵和男爵了。

那麼，說到為何穆諾男爵的執政官會是妮娜名譽子爵，主要好像因為穆諾男爵的身分是「領主」。

之所以出現這種狀況，是因為希嘉王國慣例上並不講究領主的爵位高低，一律都可以享受伯爵以上的待遇。這想必是由於「都市核」的緣故吧。

而且，這一次「掌控了都市核」——據妮娜女士所言，「成為真正領主」的穆諾男爵已經確定會在下一次的王國會議上正式陞爵為伯爵。

這樣一來，像這種複雜的顛倒現象也會解除了吧。

◆

「關於你的姓氏，有什麼要求嗎？」

「姓氏嗎？」

決定授予我名譽士爵的十天後，我被找來妮娜女士的辦公室裡要求挑選一個作為名譽士爵的姓氏。

據妮娜女士所言，一些緊急的事情終於處理完畢，如今可以開始準備我的敘爵儀式了。

「名譽貴族只能維持一代吧？還需要姓氏嗎？」

「的確只有一代，但接連好幾代被封為名譽貴族的家族卻比想像中還多哦。」

對於妮娜女士的回答，我點頭道：「是這樣嗎？」

「雖然是僅限於一代的暴發戶貴族，相較那些貧窮貴族或沒落貴族卻更加有錢。畢竟有些領地甚至可以用金錢購買爵位，孩子的教育費用也十分充裕哦。」

從一堆文件後方傳來的這個聲音，出自前來幫忙妮娜女士處理文件的亞里沙。

重新就任執政官的妮娜女士首先就是整頓紀律，使得領政府的人手不足。

根據亞里沙的說法，她最初只是把文官的失物送過去，但見到大家忙碌的樣子便心生同情，開始幫忙事務文件的分類工作。

就這樣從分類轉變成幫忙處理事務文件，最終獲得相當於妮娜女士輔佐的地位。亞里沙好像特別擅長會計事務的樣子。

「亞里沙是否有幫上忙呢？」

「嗯嗯，我簡直想讓她留下來擔任執政官輔佐了。」

「哎呀，不行哦。我已經將身心都奉獻給主人了。」

面對想要眨起單隻眼睛卻失敗的亞里沙，我摸了摸她的腦袋。

「叫你立刻做決定也太過勉強吧？給你兩、三天考慮一下。」

「建議可以用『橘』哦。」

記得亞里沙前世的姓氏就是「橘」。

「那就敬謝不敏了。」

「說得也是，印象中應該已經有『橘』士爵了。若要確認姓氏能否使用，就詢問一下文官尤尤莉娜。她在王立學院裡研究紋章學，對這方面比我更清楚。」

「知道了。選出幾個候補姓氏後我再進一步確認。」

妮娜女士說畢便回到處理文件的工作上。

尤尤莉娜應該是那個褐髮綁有辮子，看起來個性格溫和的寡言文官。

我向亞里沙說了一聲後就離開了辦公室。

我在走廊上前進一邊思考，不過怎麼樣也想不出什麼好的姓氏。

雖然也想過用我的本名鈴木，但這樣一來就變成「佐藤・鈴木」，不禁要讓人吐槽哪一個才是姓氏，所以還是先自重吧。

從佐藤這個角色名來看可以知道我取名字的方式相當隨便，於是我便決定向大家徵求點子以篩選出比較像樣的姓氏。

「烏龜～？」

「烏龜先生很美味喲！」

首先是到最近的男爵家私人房間裡詢問小玉和波奇，不過她們似乎連「姓氏」是什麼意義都不知道。

這兩人都在索露娜小姐的身旁吃著類似酥炸魚骨的點心。真是非常樸實的茶點。

這個房間裡只有三個人。男爵正在隔壁的辦公室裡和明天以前的文件奮戰當中。哈特則是跟莉薩和娜娜一起在市內進行巡邏。

「姓氏嗎？這個嘛，如果你願意娶卡麗娜，要繼承多那諾的姓氏也無妨哦？」

索露娜小姐有些頑皮地這麼說道。多那諾這個姓氏是男爵繼承穆諾的姓氏之前所使用的舊姓。

穆諾男爵也擁有多那諾准男爵家的爵位，所以將來和索露娜小姐或卡麗娜小姐結婚的人就會繼承姓氏和爵位。

「那太不敢當了，還是容我拒絕吧。」

「嗯，卡麗娜真是前途坎坷呢。」

在竊笑的男爵千金目送之下，我離開了房間。

「不好意思，可以借過嗎？」

「啊，士爵大人！」

「來來！您請進！」

我請聚集在廚房入口前的女僕們讓出一條路，然後走進其中。

「哎呀，歡迎回來，士爵大人。」

「歡迎您歸來，主人。」

正在和主廚蓋爾德女士一起炸東西的露露轉過頭來。

「顏色很漂亮呢。不過火稍微強了一點哦。要是不調弱一些，外表就會焦黑了。」

「啊啊，對不起。」

我代替露露調整火的大小。

在我被妮娜女士找去之前，我們三人正在用豬肉製作炸豬排。

「用看的竟然就能知道溫度呢。」

我向有些傻眼的蓋爾德女士回以微笑，然後將豬排放在瀝油的網子上。

用菜刀切成一半，確認內部已經熟透。雖然外表的麵衣變得黑漆漆，不過好歹還可以吃吧。

「怎麼辦？要讓那些沒吃飽的女僕們解決掉嗎？」

「是的是的！就算稍微失敗也沒問題！」

「只要是士爵大人的料理，無論什麼都好！」

我將放有醬汁和美乃滋的盤子遞給其中一名女僕。

雖然覺得炸豬排不適合沾美乃滋食用，但對於已經迷上美乃滋的女僕們來說卻是完全聽不進去。

「太好了——每個人兩塊哦。」

「真好吃～」

「等一下，艾莉娜！不要一個人沾那麼多美乃滋。」

「再吵的話就不給妳們試吃了哦！」

「「「對不起，蓋爾德女士！」」」

向你爭我奪的女僕們一聲斥喝之後，蓋爾德女士開始和露露一起準備下一批的炸豬排。

我也在一旁幫忙，同時和露露討論姓氏的問題。

「姓氏嗎？那麼庫沃克如何呢？」

庫沃克是亞里沙和露露從前的國家名，也是亞里沙還是公主時候的姓氏。

「庫沃克不太妥當吧。好像在向侵略庫沃克王國的那個國家挑釁。」

「不行嗎……對了！不，沒什麼。」

似乎想到什麼的露露說到一半就停住了。難得有新的點子，我於是催促下文，結果她建議使用「渡」這個姓氏。

「這是我曾祖父的姓氏。雖然出身於非常遙遠的國家，但在我出生的庫沃克王國除了貴族以外是不能冠上姓氏的，所以就不再使用這個名字。」

——佐藤・渡。

總覺得好像會唸成SATORI，但並不會太差。

「不知道是否會採用，不過就當作候補方案之一吧。」

「是的！」

我這麼告知後，露露開心地回答地並露出可愛的微笑。

嗯，露露今天也是個美少女。

對露露和蓋爾德女士傳授如何做出美味炸豬排的祕訣之後，我走向在院子裡演奏音樂的蜜雅。

穿過許多床單隨風飄動的後院，我前往位於男爵私人空間深處蜜雅最喜歡的樹蔭底下。

託穆諾市的都市核似乎還能使用之福，接著數日的氣溫都很暖和宜居。

「佐藤。」

「嗨，蜜雅。」

蜜雅在陽光照射處有小動物的圍繞之下演奏魯特琴，在發現我過來之後回頭。

被蜜雅的動作嚇到，小鳥和松鼠都匆忙逃走。

「嗯。」

蜜雅對此似乎毫不在意，膨鬆地拍了拍自己的身旁示意我坐下。

我試著向蜜雅詢問姓氏的問題。

「波爾艾南。」

……那個與其說是蜜雅的姓氏，根本就是氏族的名字吧。

「氏族的名字不能拿來用哦。精靈之村的高層會生氣的。」

「姆。」

面對不滿地鼓起臉頰的蜜雅，我送出試作的可麗餅以討她的歡心。

由於在製作奶油的過程中我發現可以生產生奶油，於是就立刻烤了可麗餅試試。

而且也弄到了發粉，我打算在穆諾城的烤箱可使用的時候挑戰製作各類糕點。

蜜雅大口咬著可麗餅，一邊告訴我能用來當作姓氏的各種植物和動物名稱，不過每一個都不是很貼切，於是我答應會放入候補名單當中便離開現場。

「主人，我們回來了──這麼報告道。」

「主人，我們把加工完畢的羽毛拿回來了。」

娜娜和莉薩兩人下馬後向我報告已經歸來。

我將用來製作羽毛被的鳥羽毛交給市內的工匠負責處理。

因為羽毛不夠我便和前鋒成員一起沿著主街道消滅盜賊一邊獵殺飛鳥。

「嗯嗯，謝謝妳們。」

「軟綿綿的真舒服。」

娜娜享受著袋子裡裝滿羽毛的觸感。

我試著向兩人提出姓氏的問題。

「推薦『長崎』。這是前任主人的姓氏。」

「『基修雷希嘉爾扎』如何呢?這是我的氏族名,應該沒有人這麼叫過。」

娜娜和莉薩分別這麼發言道。

——佐藤.長崎。

——佐藤.基修雷希嘉爾扎。

不太有共鳴感呢。

這時有幾名士兵走了過來:

「莉薩小姐、娜娜小姐,我們現在要開始訓練,要不要一起——還有士爵大人,您是否一塊參加呢?」

前來的是一個名叫佐圖爾的男人。

這個佐圖爾是我和莉薩一起討伐盜賊時遭遇,經過一番苦戰後打倒的對手。

他在與莉薩的一對一交手中取勝,甚至是個與前鋒成員四人勢均力敵的二十五級老手。

他和他的部下因為無法忍受魔族宰相的殘忍命令與同事們的腐敗而出走,以護衛領內通行的商人及承接村落和城鎮的委託消滅魔物為生。

儘管與其說是盜賊更像是傭兵團,不過在誤中了將其視為眼中釘的腐敗官僚設下的陷阱之後,他們就淪落為遭到通緝的盜賊。

如今他的部下也都重新就職為男爵領的士兵。

很遺憾，由於無法立刻恢復騎士的身分，所以他現在還只是一名士兵。

「不，我現在有事，就先不訓練了。」

「下次一定要來啊。對了，見到哈特的話請轉告他過來練兵所一趟。」

我將訓練莉薩和娜娜的工作交給手中緊握著單手劍的他，承諾會代為轉告哈特之後便離開現場。

「姓氏嗎？我住的村裡子沒有貴族，所以也不懂什麼姓氏。」

向餐廳裡的哈特詢問姓氏的問題後，他這麼回答我。

現在的哈特並非勇者，而是以見習隨從的身分為穆諾男爵效力。

因為前幾天在接觸大和石之後，終於證明他並非勇者。

至於那把假聖劍朱「拉路」霍恩經過物品鑑定之後也得知是一把被詛咒的魔劍，於是便收進位於穆諾城地下的封印庫。

因此，目前他腰上配戴的是普通的鐵劍。

失去勇者身分的哈特與索露娜小姐之間的感情依舊未變，據說為了能夠迎娶對方為妻，正在以正騎士為目標特訓當中。

每天過著從文官和索露娜小姐那裡學習用字遣詞和知識素養，然後由佐圖爾閣下灌輸劍術和兵法的充實日子。

「找到了！今天一定要讓你一起參加訓練！」

『哈特先生也在，真是太好了。』

頂著一身士兵的上衣和褲子打扮，卡麗娜小姐出現在餐廳裡。

「妳又翹掉禮儀老師的課跑來訓練嗎？」

「才……才不是。今天是戰鬥訓練的日子。」

妮娜女士為卡麗娜小姐安排的教育課程中並沒有戰鬥訓練。

順帶一提，所謂禮儀老師就是索露娜小姐了。

「要不要試著找卡麗娜小姐商量一下呢？」

「找我商量？」

在哈特的催促下，我不報期望地向卡麗娜小姐詢問關於姓氏的問題。

「你為了姓氏的問題在煩惱嗎？那麼，我有一個不錯的名字。」

「是什麼樣的名字？」

「『潘德拉剛』如何？是勇者大人的名字哦。俄里翁・潘德拉剛。」

在附近用餐的辮子頭蘿莉文官忽然插嘴道：「不好意思～」

是剛才妮娜女士所提到的文官尤尤莉娜。很少見到寡言的她會主動開口。

「那不是虛構的人物嗎？」

「是啊。在我最喜歡的故事裡是個勇者大人。乘著龍四處旅行，跨越眾神準備的七大試煉，最後打倒大魔王的英雄事蹟。」

把亞瑟王和希臘神話都混在一起了。

「乘著龍嗎？」

「是的，並非飛龍這種翼龍，而是紅龍威爾斯。」

記得亞瑟王的父親好像名叫潘德拉剛，是屠龍英雄嗎？

似乎很不錯的樣子。畢竟我也持有王者之劍，把名字改成亞瑟之後就成了亞瑟・潘德拉剛了。

在這之後，我足足煩惱了兩天時間終於決定好姓氏。

◆

「■■　敘爵。」

我在穆諾城舉行敘爵儀式的房間裡由穆諾男爵授予貴族的階級。

狀態的階級欄變成「貴族【士爵】」，而所屬則是「希嘉王國穆諾男爵領」。

截至昨天為止的三個勳章也都記載於狀態的賞罰欄裡。當然，為了穿著禮服時易於辨認，也存在實體的勳章。

剛才的「敘爵」過程中未能獲得技能，大概是因為那是利用了「都市核」機能的儀式魔法吧。

「佐藤，觸摸這塊大和石以確認儀式是否成功吧。」

「是。」

這一次，我在觸摸大和石之前變更了交流欄的數值。

儘管有些靠不住，但畢竟有了一個勢力作為後盾，所以我增加了等級和技能之類對外公開的數據以利於今後的活動。這方面是我前幾天和亞里沙討論後所決定的內容。

敘爵儀式結束後，我家那些孩子和男爵千金姊妹在妮娜女士的帶領下進入室內。

最後進來的人是文官尤尤莉娜。

「那麼，開始。■■　命名。『佐藤・潘德拉剛』。」

綁著辮子的文官尤尤莉娜神情緊張地使用命名技能。

＞獲得技能「命名」。

在大家的見證之下，我增加了新的名字。

由於主選單的交流欄不會主動變更名字，所以我便自行變更。

之後透過大和石確認，我獲得了新的身分證明書。和平民使用的不同，文字是刻在銀製的金屬板上。

「呵呵呵，卡麗娜．潘德拉剛嗎？這樣也不賴呢。」

儘管聽到聳動的發言，但還是裝作不知情吧。由於音量很小，應該只有拉卡和擁有順風耳技能的我才聽得到。

「亞里沙．潘德拉剛嗎？雖然很像亞瑟王，不過語感不錯。」

帶著淺笑的亞里沙嘴角不斷抖動著。

「呵呵～真希望有一天被人稱作露露．潘德拉剛。」

──露露，妳也有份啊？

當然，露露的發言和卡麗娜小姐同樣都是喃喃自語。除了我之外沒人聽到。

「波奇．潘德拉剛喲。」

「小玉．潘德拉剛～？」

波奇和小玉繞著我周圍跑來跑去這麼祝福道。

要是我有翅膀，大概就會這樣飛上天吧。

「主人，您真是太帥氣了。」

莉薩擦拭眼角浮現的淚水，感動至極地這麼低語。

「姆，波爾艾南。」

蜜雅似乎還不死心，臉上帶著不滿的表情。

「『主人』或『主人，潘德拉剛』。請問該稱呼哪一種？」

面對娜娜的問題，我回答：「叫我主人就好。」

「那麼，佐藤．潘德拉剛士爵。今後請多指教了。」

「是的，妮娜．羅特爾子爵。」

接過妮娜女士伸來的手，我們彼此握手。我這才第一次知道這個世界裡也有握手的習慣。

口頭上在稱呼爵位時似乎不會加上「名譽」二字，而自己報上名號時就得說「我是佐藤．潘德拉剛士爵」。

握著我的手，妮娜女士又給我出了一道題目：

「接下來就是在出發之前決定好紋章了。」

這次是紋章嗎……
從隔天起，我便向男爵和管家學習社交界的知識，以及接受尤尤莉娜關於紋章學的指導。
不用說，這段期間裡也獲得了「社交」和「紋章學」的技能。
另外，新的紋章我決定圖案為一條龍抱著長槍一般的筆。

魔族企圖復活的「黃金陛下」雖然令我在意，但復活所需的邪念壺已經封存於儲倉內，希望在經過公都的期間至少能確保安全。
當然，對方或許會在特定的地方復活，所以在那之前就先做好各種準備吧。

我的異世界生活從明天起似乎也會很忙碌——

■ 交流欄的狀態 ■——

姓名：佐藤・潘德拉剛
種族：人族

等級：三十
所屬：希嘉王國穆諾男爵領
職種：無
階級：貴族【士爵】
稱號：無
技能：
「劍術」　「弓術」　「格鬥」　「投擲」　「回避」
「調理」　「算數」　「鍊成」　「製作魔法道具」
「市場行情」　「殺價」　「社交」　「紋章學」
賞罰：
「穆諾男爵領蒼輝動章」
「穆諾男爵軍一等動章」
「穆諾市民榮譽動章」

後記

大家好，我是愛七ひろ。

感謝您手中拿著本書《爆肝工程師的異世界狂想曲》第四集！

多虧各位讀者的支持，書籍版《爆肝》順利迎接了出版一週年！

接下來我更會用心構思讓各位百看不厭的內容，今後還請多多關照《爆肝》。

在講述本集的特色之前先宣傳一下。

若原訂計畫順利，由あやめぐむ老師繪製的Dragon Comics Age版《爆肝工程師的異世界狂想曲》第一集應該也同時發售了，方便的話還請各位拿起來瞧瞧。

包括在小說版當中因為頁數限制而無法描寫的角色姿態、富有臨場感的露天攤販街及小東西等等，許多方面都繪製得相當細緻用心，更加豐富了整個爆肝世界。

一邊看著漫畫版，我也屢屢感到佩服：「原來如此，這個地方是這樣子啊。」買了絕對不會後悔！原作者在此保證。

宣傳的篇幅稍微長了一些，差不多該敘述本集的賣點了。

和前面的集數一樣，本集依舊將新章節和故事進行重新編輯，幾乎都是未公開的新稿。

本集內容是關於在上一集也惡名昭彰的穆諾男爵領。

為了貧困的人民，佐藤以超人的力量擊敗軍隊，制伏殘暴的貴族——這種正義使者般的路線並不會在書中出現。

而是頂多個像義工那樣多管閒事，在能力所及的範圍內將食物分給飢餓的人們，這才是佐藤的作風。

只不過，在碰到自己感興趣的事情或正中個人嗜好時似乎就不在此限。例如順手拯救種族的危機，或是路過的時候打倒災害級別的魔物將其做成食材之類的……

說到說變化最大的地方，就是如何安排在卷首插畫登場的卡麗娜了吧？

在網路版裡，事件解決之後才出現在佐藤面前的她，書籍版當中的登場時間變得更早了。這是為了讓佐藤有造訪巨人之村的理由，所以世界的劇情走向與網路版相比有了些許的變化。

不僅如此，還追加了「為何魔族想要支配穆諾領」這個網路版所沒有的情節。

另外，本次我將各章的小章節潤飾成類似桌上角色扮演遊戲的戰役風格的文體。小小的事件最終推動了大事件……這麼說的話各位應該能體會吧？

透過這樣的手法，我也加入了上一集的故事背景「銀山與狗頭人」相關的章節。至於會構成什麼樣的故事，還請各位閱覽本篇的內容吧。

桌上型角色扮演遊戲是什麼？對這方面感興趣的讀者，建議可以到「富士見書房官方TRPG ONLINE」（https://ssl.fujimi-trpg-online.jp）一探究竟。

而說到本集最吸引人的，大概就是爆肝世界中最大的魔乳角色「卡麗娜」的插畫了！撰寫本後記的時候雖然只看過角色設定稿，但最終的完成度超乎了作者的想像，繪製出了那極具魅力的波濤洶——的外型。

想不到可以目睹如此理想型態的卡麗娜，真是身為作者最大的幸福。

好了，頁數也快接近上限，關於第四集的內容就到這邊打住吧。

那麼按慣例進入答謝的階段。

承蒙責任編輯H的指正以及改稿建議，使得各個場面的魅力和臨場感大增。今後還望能夠繼續給予指教和鞭策。

每集都以美麗的插畫帶動爆肝世界氣氛的ｓｈｒｉ老師。無論再怎麼向您表達我的謝意都是不夠的。往後還要請您繼續負責爆肝世界的視覺表現了。

還有，我要向包括富士見書房的各位在內，協助本書出版及銷售的所有人士表達謝意。

最後，向各位讀者獻上最大的感激之意！

感謝大家從頭到尾閱讀本作品！

那麼，我們在下一集大河篇再會了！

愛七ひろ

Kadokawa Light Novels

盜賊神技～在異世界盜取技能～ 1~4 待續

Kadokawa Fantastic Novels

作者：飛鳥けい　插畫：どっこい

分歧的勇者誠二與莉姆
兩人能否於新的城市再相見？

為追尋分開的獸人少女「莉姆」的蹤跡，誠二終於在雙胞胎蕾伊和雷恩的陪伴下啟程前往敵營斯別恩帝國。旅途中卻因鄰近出沒的盜賊團而被迫停留在意想不到的場所。這樣的誠二究竟能否順利抵達莉姆身邊？

各 NT$200~240/HK$60~75

台灣角川

©Kakkaku Akashi, bun150 2015

Kadokawa Light Novels

武藝精研百餘年，轉世成精靈重拾武者修行 1~3 待續

Kadokawa Fantastic Novels

作者：赤石赫々　插畫：bun150

出現在斯拉瓦一行人面前的
是過去曾經交過手的那位高手!?

在武者修行途中，斯拉瓦一行人造訪久違的阿爾法雷亞，認識了學習靜寂流的少女蕾蒂絲，沒想到她居然對斯拉瓦產生了好感。同時，神祕恐怖組織突然襲擊王都！出現在一行人面前的是過去的對手！以登上武藝顛峰為目標的少年，為朋友擊出極致的一拳！

各 **NT$200~220/HK$60~68**

台灣角川

Kadokawa Light Novels

冰結鏡界的伊甸 1~13（完）

Kadokawa Fantastic Novels

作者：細音 啓　插畫：カスカベアキラ

少年樹爾提斯在穢歌之庭裡不斷前進。
只為了實現守護最愛之人的心願──

於穢歌之庭裡面對面的兩名少女，鏡子內外的實像和虛像都懷抱著相同的想法。身具魔笛的少年，擁有沁力的少女，無法觸碰的兩人所立下的誓言。所有的願望、戰鬥、決心和希望互相交錯的最終樂章到來！

台灣角川

各 NT$180~260/HK$50~78

Kadokawa Light Novels

夢沉抹大拉 1~6 待續

Kadokawa Fantastic Novels

作者：支倉凍砂　插畫：鍋島テツヒロ

為了揭開古代之民的謎團，
庫斯勒一行人再度踏上旅途——

　　庫斯勒一行人造訪了亞榮這座城市，此地流傳的傳說提到天使曾在此降臨，賜予他們能孕育出金銀的灰燼。他們在城中教會找到阿布雷亞的簽名，由此確信城裡代代相傳的傳說真有其事。在很久以前天使建造出的城市中，不眠的鍊金術師為了愛情而四處奔走！

各 **NT$200~220/HK$60~68**

台灣角川

國家圖書館出版品預行編目(CIP)資料

爆肝工程師的異世界狂想曲 / 愛七ひろ作；蔡長弦譯. -- 初版. -- 臺北市：臺灣角川, 2016.04-
　冊；　公分
譯自：デスマーチからはじまる異世界狂想曲
ISBN 978-986-473-023-0(第4冊：平裝)

861.57　　　　105003023

Kadokawa Fantastic Novels

爆肝工程師的異世界狂想曲 4

（原著名：デスマーチからはじまる異世界狂想曲 4）

2016年2月15日　初版第1刷發行
2019年3月12日　初版第4刷發行

作　者：愛七ひろ
插　畫：shri
譯　者：蔡長弦

發行人：岩崎剛人
總經理：楊淑媄
資深總監：許嘉鴻
總編輯：蔡佩芬
編　輯：林吟芳
美術設計：李思穎
印　務：李明修（主任）、黎宇凡、潘尚琪

發行所：台灣角川股份有限公司
地　址：105台北市光復北路11巷44號5樓
電　話：（02）2747-2433
傳　真：（02）2747-2558
網　址：http://www.kadokawa.com.tw
劃撥帳戶：台灣角川股份有限公司
劃撥帳號：19487412
法律顧問：有澤法律事務所
製　版：巨茂科技印刷有限公司
ISBN：978-986-473-023-0
香港代理：香港角川有限公司
地　址：香港新界葵涌興芳路223號
新都會廣場第2座17樓 1701-02A室
電　話：（852）3653-2888